我的故乡是天堂

妙瓜◎著

远方出版社

图书在版编目（CIP）数据

我的故乡是天堂 / 妙瓜著. -- 呼和浩特 ： 远方出版社，2023.4

ISBN 978-7-5555-1789-4

Ⅰ. ①我… Ⅱ. ①妙… Ⅲ. ①诗集—中国—当代 Ⅳ. ①I227

中国国家版本馆CIP数据核字(2023)第052523号

我的故乡是天堂

WO DE GUXIANG SHI TIANTANG

著　　者	妙　瓜
责任编辑	奥丽雅
装帧设计	青年作家网
出版发行	远方出版社
社　　址	呼和浩特市乌兰察布东路666号　邮编 010010
电　　话	（0471）2236473 总编室　2236460 发行部
经　　销	新华书店
印　　刷	三河市嵩川印刷有限公司
开　　本	787毫米×1092毫米　1/16
字　　数	354千
印　　张	21
版　　次	2023年4月第1版
印　　次	2023年4月第1次印刷
标准书号	ISBN 978-7-5555-1789-4
定　　价	68.00元

（作者在故乡杭州留影）

（作者在故乡杭州留影）

（作者在故乡杭州留影）

（作者在故乡杭州留影）

目 录

第一辑： 茶乡春早

第二辑：夏日记忆

第三辑：　秋天的诗

第四辑：一场冬雨的迎来送往

第五辑：枕一帘雨声入梦

第六辑： 一树枇杷几盆花

第七辑：　山峦披上了雾霭

第八辑：　自作多情

第九辑： 晨光点亮窗帘

第十辑：　与一首诗相遇

第一辑：茶乡春早

一场洒落田园的雨
一阵吹过叶尖的风
一个遗落原野的梦
在它们交织的晨曲中
我与一场美好
不期而遇

新年凝思

早晨，我想了很久
斟酌要对新年说的话
其实，昨天也想了很久
想怎么好好告别过去的一年

还没想好，一夜就过去了
这一觉算是睡了一年
同样的日子和时长
平时是跨日，昨夜算跨年

窗外依然寒风凛冽
阳光穿透玻璃，特别温暖
我感觉良好，心态平和
一切与昨天似乎没什么不同

忽然觉得，要告别的
竟是一个虚无的概念
要迎接的呢？我又想了很久

告别即意味着迎接
迎接谁呢？是看不见的时间吗
不想骗自己，还是去迎接
未来每一天中的自己

所有的话说给自己听，所有的期待靠自己去拼
遇见更好的自己，迎接美好的一天或一年

春　风

春风开始加速
山峦揉揉睡眼
湖面泛起皱褶
人们的脸上多了笑容

风有很多名字
都是实名或曾用名
没有网名、假名，有时候也用一下临时名

分类也很有趣
或按季节，或按性格
或按脾气，或按心情
甚至，按暴力程度

老天管理它们一定很难
只好睁一只眼闭一只眼
任由它们到处乱窜

它们不屑一顾，就这么任性
不过，南方的春天
它们都很温柔

人类对它们的变化防不胜防
对它们的诡异、神秘心怀恐惧
只好寄希望于众多学者
穷毕生精力去研究……

春　光

阳光下的春色是一道明媚的风景
是对万物施了魔法的化学反应
大自然不使用语言和文字
用光影、色彩和温度表达爱意

春光是一种心情
是清晨枝头含笑的晶莹泪珠
是打开门窗射进来的一束光明
是蓝天白云下的一簇簇惊艳
是山腰里彼此深情依偎的树影
是布谷鸟穿梭的身影和悦耳的叫声
是熬过寒冬看到的希望

春光也是短暂的恩赐
每一种美都不会长久
一片悄然飘落的花瓣
静静地躺在泥土上
或隐身于草丛
或落入水中随波而去

春色依然
但一个花瓣消失了
如果它有思想
会不会叹息或不舍

人生不就是尘世间的

一片叶，一瓣花，一株草
也可以是
一尾咬钩的鱼
请尽情地享受
游向诱饵时的快乐

穹顶总是充满神秘
云像一条条丝带
略白又带点透明
在蓝色的扉页上
画一些晦涩的符号

春　景

花笑得合不拢嘴
叶子努力地张开手
瓢虫爬进一枚嫩绿的掌心
惊讶地发现，叶子命运的纹路

山悠闲地晒着太阳
蓝色的水面闪烁着星光
云摆出沉思的模样
人们的目光，聚焦于花

风送来熟悉的气息
蜜蜂嗅出味道和配方
松鼠习惯嬉戏
自足的安逸
也可以充实生命的光华

看到一只美丽的鸟
欲摄，举起手机
却已了无踪影
生命中，有多少擦肩而过
变成错位时空

这景，这水，这路
不知当年，有多少才俊文豪
于此吟诗诵文、挥毫泼墨

春之曲

春风轻柔、微拂
像一首风情万种的诗
撩开心扉
叫醒春天
柳吐芽、花绽放
水舒展柔情
阳光露出笑脸
湖色春山如诗如画

叶儿萌芽、抽绿
换上春天的衣裳
每一抹嫩绿
都植入音符
把盎然生机
酿成诗意
织进山川大地
与万物共谱春的交响曲

花儿吐蕾、绽放
如妙手丹青
把春点缀得姹紫嫣红
像一幅美妙绝伦的画
芳华季的轻歌曼舞
花仙子的霞裳盛会
每一个点头含笑
都让看客心潮澎湃

小鸟对歌、欢谑
把春之曲动情演唱
和声低吟，清脆悦耳
在花枝树梢间三回九转
起伏的旋律
婉转的节奏
带着晨露和林籁泉韵
莺歌燕舞春无限

溪水欢唱、水龙吟
为春天添一弦琴韵
叮咚乱石中
盎然春色里
深藏高山流水情怀
心随清风芳草
将流经的每一处鸟语花香
都化为云蒸霞蔚

吾心愉悦、欲醉
想为这幅最动人的画写诗
欲为这首最柔情的诗谱曲
还想伴这曲最动听的歌起舞
怎奈曲高才情薄
难尽其意
人倚秋千笑
探莺花总教春醉倒

光　明

走过的岁月里
有数不清的光明
我把它作为最好的礼物
献给心灵，也明亮了眼睛

人生的经历里
也有数不清的黑暗时刻
我把它作为修行
磨炼耐心，等待光明来临

自然界的黑暗
是为衬托光明而存在
日有昼夜，月有盈亏

我的光明在心底，也在眼里
清晨，走在家乡的路上
盛开的月季花正在微笑

茶乡春早

酣梦
被阴沉沉的天色唤醒
梦境似了无痕迹
灰蒙蒙的颜色溢进窗来
檐下一丛绿影在战栗
花儿为何笑出眼泪

雨歇
姑娘们麻溜地披挂上阵
头戴斗笠
腰系竹篓
迅速进入茶田
消失在山腰的雾霭里

炒茶机开动起来
这家，那家，百来家
听觉与嗅觉
于灵感里相融
把茶乡的春色摊青、翻炒
淬成一盏碧绿的西湖龙井

好像徜徉在梦境里
但夜色已不知去向
树上的风痕
阶前的雨迹
无一不在证明

这是一个雨转阴的早晨

一场洒落田园的雨
一阵吹过叶尖的风
一个遗落原野的梦
在它们交织的晨曲中
我与一场美好
不期而遇

九溪晨语

（一）

曾汇成瀑布落下断崖
看似在体验蹦极的快感
人们欣赏自由落体的壮观
却听不到你恐慌的呼喊

惊魂那刻，你失却了优雅
推力拥着你一往无前
你展现出奋不顾身的勇敢
背后却有着无路可退的无奈

溅起的水花有时像霞
在空中划出一道美丽的弧线
于是，又引来惊叹的赞美

但，这也是光影的魔法
又被当作道具利用了一番
惊恐随跌落而渐渐平缓

（二）

你从心底舒展出细碎的浪花
庆幸自己落入梦里的桃花源
险旅反有许多回忆值得品鉴
终于可以唱着歌儿去远方

美丽的潭水权作新家
回归常态，平静无澜
粼粼波光将心情微泛
幸福止不住在脸上荡漾

不必为相遇感到惊讶
多少事，看似偶然却必然
上苍正在念叨你的善缘

你的纯情吸引过多少个他和她
愿耗费时间为你快门频按
想融入你的怀抱而流连忘返

（三）

此刻，我凝视你惺忪的脸颊
晨水似镜等待你梳妆
鸟儿也在枝头快乐地鸣啭
山光潭影，从此一隅偏安

我愿是低垂的老枝枯丫
伸进情景交融的美轮美奂
美妙时光应该写进诗篇
还有缘分，同住一个村落边

再也不去经历那些跌宕落差
余生，相守青山伴碧潭
从容心宽，平淡向晚

不必纠结岁月蹉跎负韶华
只期待
生活垂青眼
千里关山念如烟
常相见

河畔行思

（一）

河畔这条寂静的路上
此刻行人寥寥清幽空旷
我踩着沙沙作响的一地落黄
安享这个季节特有的景象

看够了西湖美景名胜繁华
这里便是又一个天堂
承载流水的河床看似寻常
却承载着悠久的历史和过往

那些参天大树隔河相望
用它们的语言对话吟唱
尽数经历的辉煌和沧桑

思绪穿过岁月随着河水流淌
信步游走不觉石径悠长
沿河秀色，激起心中诗意荡漾

（二）

落叶随风轻舞无声响
樟树坚守着绿色的梦想
芦竹楚腰摇曳把水岸当秀场
枫杨默默张开臂膀为河遮风霜

河面依旧如镜
秋色毫不掩饰地在倒影里煌煌
不食人间烟火便无世态炎凉
水托起落叶陪她走完最后一段时光

万物荣枯全凭天意执掌
营造的绿茵花坛春意盎然
然留不住季节的虎步龙骧

细雨如雾一般纷扬
不知不觉湿了路人衣裳
难道，这不是上苍特殊的犒赏

（三）

游舟缓缓来，好似入画框
驳船隆隆去，水痕如线长
银杏迷恋这深秋的风光
把辉煌点缀于树上树下和路旁

入冬时节秋色始透亮
红叶黄花共同演绎色彩的疯狂
老木苍波更喜对镜梳妆
望一眼水中印象
无限遐想

木色斑斓的模样
恰与我雪鬓霜鬓相仿

景与情
在心里悄悄碰撞

大自然按规律让四季轮番登场
没有造作的修饰
从不彷徨
更不在乎人类的目光

太子湾[①]

山坳里飘逸着彩色的云
江水穿山碎如银
渠河几道弯，一路潺潺吟
说不完的青春年华

曲折回环的水流旁
花仙子倾翻了花篮
郁金香抛来勾魂的媚眼
伉俪急忙披上婚纱

灿若云霞的樱花
潭水似镜清如许
欢快地舞一场樱花纷飞的秀
唱一曲千回百转的《水中花》

注入西湖的那一刻
浪花笑出声来
从此柔情万种妩媚千般
化作明珠被宠爱

人在花中，醉在心中
云与水中倒影碰了一下杯
阳光和新叶没完没了地窃窃私语
意会，但不知道用什么语言表达

①太子湾：杭州太子湾公园。

海棠花

穿过飘忽的雨
风，轻轻地吻过
片片带泪的唇
芳心碎成一地缤纷

雨过于柔情
风滥于多情
风和雨缠绵
万物蓬勃

潋滟的波影里
摇曳起顾盼的幻梦
团团簇簇的粉艳
争相去枝头装点红尘

远黛苍茫处
一支神笔饱蘸春色
肆意地勾画、渲染
将一季的色彩悉数呈现

我的故乡是天堂

你见过天堂吗
我见过
而且
每天都在这里徜徉
你若不信
可以去问水中的鸳鸯

它们从遥远的北方来
因迷恋这里的美景
甘做留鸟
每天，我在岸上走
它们在水中游
还互致问候

要问天堂有多美
你可以去问湖里的天鹅
它们走南闯北
见多识广
最终却选择
在这方水土落脚

我常去欣赏它们高贵的身姿
它们也为我表演凌波微步
昂首展翅红掌踩水
欲飞又罢
岁月静好

何必去远翔

想知道天堂有多好
你可以去问松鼠
它们最会选择宜居的地方
树上
有他们穴居的洞房
可多角度地饱览风光

它们机警而敏捷
顽皮地腾挪跳跃
树上树下
窜来窜去
毫不羞涩地接受人类的馈赠
无所顾忌地品尝美味

曾以为
天堂是内心躁动的向往
是旷野凛冽的风
是白雪皑皑的原
是努力耕耘的黑土地
是付出一切后才拥有的港湾

经历了
才会品味生活的甘甜
忽然明白
白鸽为何不肯离去
因为
它们是白沙堤的化身

还有
悠游的鸳鸯
优雅的天鹅
不都借着这湖水
传递着
唐诗宋词的意蕴

举世闻名的西湖
那些美丽的传说
城市的文化底蕴
还有儿时的回忆
都是上天赐予我
与故乡极度深情的爱

问 候

昨夜的星辰
落进了今天的水面
闪闪烁烁
点亮了鹊桥周边的湛蓝

手机里的问候
来自千里之外
于每个早晨或夜晚
消弭了家书抵万金的奢盼

那份牵挂，那份所爱
日日存在
依然浪漫
如春花一样绽开

春天走了
还有夏花继续烂漫
秋天来了
更有枫红杏黄相伴

即使寒冬
有期盼的亲情在
遥望星空
心里也溢满温暖

心　境

（一）

寂静的夜里雨声很轻
好像滴在心里
一直到天明

（二）

黎明，鸟儿叫停了雨
它不希望歌唱的时候有干扰的杂音
雨有自知之明
我却昏昏入睡
好的音乐可以催眠

（三）

我醒来了
不是鸟儿叫醒的
窗外又响起了滴答滴答的雨声
与昨夜不同
落地的雨滴似有穿石的力度
为何哭得如此伤心

（四）

雨停了

天的心情依然忧郁
太阳不想打扰天的心情
我的盼望等于零
那就去书里
找一片晴

（五）

墙角的那株百合花
已不见美丽的倩影
花瓣凋落的时候
我竟没有注意到它的涕零
该怎样填补
落寂的心境

山　涧

喜欢高处的风光无限
却迷失于山林溪涧
叮咚或潺潺的音律
把心洗濯

曾想做一朵云
霭霭于山巅
忽然化作一丝雨
飘落至谷底

谷深涧窄曲折回环
且拾取一路风景随波流溢
掷一缕回音破寂
听山林空对星月叹息

华丽的梦想
遗落在流经的
每寸土地
浪花和涟漪
在营造表象和理智

流长不过几十公里
却持续了多少个世纪
像一个说不完的
励志故事

自以为坚毅
然局促一室天地
沉溺于狂想曲的穿透力
偶尔怪怨一下
这潮湿的雨季

黄昏·时雨

向晚的光影渗进雨滴
稀疏而均匀
像过了筛子般碎落一地
残阳趁机逃离山脊
遁入云雾交织的幕里

鸟啼声声格外圆润
空气含了一片润喉糖
残阳的余温
雨水的微凉
混合在一起氤氲了山岚

无法把握时光的脚步
却可窥见时光的微妙
晚晴，暮雨
可以瞬息万变
也可各自相安

雨掩护残阳撤离
迅即消失
留下湿漉漉的地面
等着月光
而月光迟迟不来

在这片时空里
我仿佛来过

又好像从未来过
真与幻
拼成无数个类似的傍晚

时光在我的幻觉中销蚀
我在时光的真实中老去

书香·茶香·时光

闲坐窗前
家家都在炒茶
阳光正午呈九十度角
翻炒的茶香
弥漫了时光

透明的玻璃杯
藏不住一片正在肆意舒展的
叶子的春意
蜜蜂循香扑来
采花不遇
留下一串嗡、嗡、嗡的抗议
其他的声音
已被香风醺醉

一些飘着墨香的文字
把我埋进一本书里
不知不觉地
阳光已偏西呈三十度角
遗失的春光
算不算被我埋葬

阴影没过门前的矮墙
东也山脊，西也山脊
只看见一轮
还没红起来的残阳

街上春色

街的头上有一片牧场
随风摇曳起柔情的绿浪
法桐与银杏
一定前世有约，否则
为什么在此刻
联袂伸出浅绿色的手掌

还有春榆与苦槠
青枫与香樟
更有
形形色色的阔叶乔木和丛丛绿篱
都不约而同地加入调皮的行列
街上的春意
浪漫的叶色才是主角
叶子都这样说

车流快乐地在绿廊里穿梭
如琥珀色一样温暖的阳光
被风轻轻撩动
温柔地斑驳了一地

棕色的树干上
满是岁月的皱痕和伤疤
释放的每一个空气负离子里
饱含了它们的忧伤

桃李芬芳如过眼云烟
凋零在满目葱翠的大好时光
但，揉进时光里的美好一直都在
你从路人的眼神里可以看到
每个人的心底
都燃着一团火焰

黄　昏

太阳落入山脊前
把能量尽情释放
半爿绚丽的红尘里
隐着卦象

群山神秘地重峦叠嶂
水色如碧，孤寂深邃
风停了脚步
回归的路渐渐模糊

黄昏的宁静
伴着心脏搏动的声音
脑神经不肯安宁
去一行诗句里触景生情

粗鄙地想想
浅薄地笑笑
似乎有顿悟的禅意
正好骗骗自己

黑暗吞不没城市的夜
容易吞没人的心
月亮在天黑前
很圆很亮
现在又不知去向

在碧桃与菊花桃的朵朵暗红下
影子走在自己的前面
回望街灯
想起了卦象
却参不透谜底

百丈漈[1]

悬崖峭壁上
这峰望那峰
有倚天一柱指苍穹
刺破天际衣衫
飞出白絮朵朵
青山举起杯，斟满祥瑞

银河自九天倾泻
欢乐的水晶欢歌劲舞
在壁立千仞的崖上
含情脉脉地回眸了三回
仙气袅袅缭绕亭树
柔情万种顾盼谁

一漈百丈长
二漈百丈深
三漈百丈宽
是雄、是奇、是幽
还是在传递一种哲理的表达
或许，是随命运顺流而下的宽慰

阳光打开瀑布的心扉
我与飞溅的银珠撞个满怀
落差并不一定是差距
有时候是一种从天而降的幸运

槭枫、青枫、香枫
一路枫景，更有一涧野花
胜过多少笙歌繁华
万马从耳边奔过似不闻
静坐独弈余生
好一局蕴藏天地的真智慧

①漈：瀑布，温州方言。百丈漈是温州文成县境内的瀑布群，国家级风景名胜区，相传为明朝刘基（刘伯温）的归隐地。

我是谁

那日，我登上高山
有五朵云从脚下轻盈地飘过
风掠过额头，告诉我
山高人为峰
真的吗？那棵参天大树呢
我是它鞹蹩而落的一片叶

那一刻，我下至谷底
有九条溪从身边潺潺流过
回声在幽空里传响
汇成一潭明镜映日月
不消说，那一刻
我是虚怀若谷的空旷

那一天，淅淅沥沥的细雨里
湖山被雾霭伤心断魂
我走进雨中
无意寻找雨巷的惆怅
而是去体会一种
晴湖不如雨湖的意象

有时候，我不知道自己是谁
高兴的时候，我是快乐
伤心的时候，我是痛苦
迷茫的时候，我是彷徨

阳光下，微尘
也会起舞，也会发光
无法照亮别处
足以照亮自己
我希望，余生
这点光不会熄灭

天 色

天上镀了一层膜
城市在塑料大棚的笼罩下
植物依旧茁壮生长
鸟在棚中飞翔

阳光被膜滤过
像磨砂玻璃表面的亚光
太阳说，它从不吝啬
每天都发出足量的光

被克扣的能量
进了谁的背囊
几滴委屈的泪
滴落在地上

清风掀开棚的一角
好奇地向里张望
雨欲来
还是擦边而过
天色由你尽情猜想

路人行色匆匆
闲者安步当车
每个人都在用脚步
讲述各自的生活

从天色抑郁的表情里
看得出
一场雨
正在来的路上
但心里还是希望
天色越来越亮

第二辑：夏日记忆

一起走过这小桥

一起数天上星星有多少

一起问睡莲为什么不睡觉

立夏日

清晨的曙色虽浅
胜过一张褪色的照片
日子很近又很远
四月刚过五月才第五天

风在太阳的直射下，晒干了昨夜的潮湿
在枝头跳起醉酒的探戈
叶子深情地提起裙边

风的心情忒好
绅士地聆听每一片叶子的絮语
甚至还忏悔，之前和雨一起对花的摧残

夏提前了，我迟到了
心还一厢情愿地停留在春天
陷入虚无缥缈的缱绻
个人的卑微，阻止不了春的沦陷

你羞涩的时候，我曾那样的期待
当叶都伸开掌心为你衬托
你却化蝶翩翩飞出局外

树枝联袂葱翠一片
挡不住夏风穿越的路线
向远去的云挥一挥手
视线，天涯望断

初 夏

晨光初照
树梢光影轻轻摇
鸟儿不停地问候
我用人类的习惯报以微笑
水面荡起一圈涟漪
鱼儿在水中说：早上好

月季在路旁笑
让我猜猜为何
百花凋落你独放
月季摇头又一笑
春已老去，夏正年少
不想让世界的颜色过于单调

石桥依旧
泉水淙淙亦匆匆
桥连通了岸
水滋润了树
树枝伸出宽大的手说：我用庇荫
回报

荷叶青青，共同
撑起一片碧绿
静候花开……
生命就是一种守候
等到花开花落莲熟藕成

再用枯枝败叶守望下一年

夕阳西下，余晖
在林中弄影
小路蜿蜒又寂寞
过客悄然走过
蓦然回首，树上挂满绿元宝
枫叶抖擞翠绿，炫耀青春年少

绿荫渐浓
风儿渐柔
树下的喧嚣，是在
唤醒树上的知了
第一声蝉唱
何时听到

木槿花笑了

南墙蛰伏的木槿花笑了
露出许多粉红的酒窝
路边的鹅掌楸
枝叶像浮云一般伸展

光透过筛子般的叶隙
在树荫下筛落许多银屑
风藏了起来，不忍吹散

花木看起来像沉默的哑者
传递给人间的语言
是静默的呼吸
你若感知，便会震撼

无须去寻参天巨冠
也不必去看山花烂漫
只待藤蔓攀向窗台
生活便被夏意盈满

有可栖的屋，有追逐的梦
如果还有青草气息的晚风
文字和人，都是一片绿色的梦幻

生活是一道又一道填空题
我愿意用滚烫的心、炽热的情
去填写每一个空

夏日记忆

那些年
这里是青梅竹马的后花园
碧浪在头顶翻飞
柳枝还拂不到额角

我们尽情地奔跑
在绿茵里打滚嬉闹
黄莺在枝上助兴，花儿笑弯了腰

那些年
我已束发，你亦豆蔻
依旧情同手足诚可交
“柳浪闻莺”是欢乐的巢

一起走过这小桥
一起数天上星星有多少
一起问睡莲为什么不睡觉

那些年
有许多无法重来的美好
雨过地皮湿，很多痕迹洗不掉

就地重游聚白首
人生的圆我们重新绕
把那些年的好融入今后的笑
谁叫我们总也不老

向　晚

风歇了
剩下一份温婉与宁静
老天爷开始向下耷拉眼皮
溪水放缓了脚步
岸边茂盛起来的林木
渐渐隐匿于黯淡

凡·高的鸢尾花
在荒野里红得发紫
勾起一筐紫蓝色的记忆
鼻翼飘过一丝暗香
林中隐藏着几丛百合

鸟儿结伴归巢
声声慵懒的啼鸣
音色听起来有点疲倦
依然喋喋不休地互相寒暄
一只拖着长尾巴的蓝鹊
倏然飘进一片野蔓

暮色笼罩下来的时候
长夜上演了一出落幕的预告
远处亮起几盏现代的灯火
我做着最古老的深呼吸
那些存于内心的希冀
以及抑郁，都吐纳于沉寂的夜晚

夏 风

风热得无聊出来透透气
热浪里忽地掠过一阵凉意
树赶忙摇头摆尾去迎
叶已在枝头轻狂地起舞

风对树有知遇之情
抽芽、成长、换装、播种
哪一次不是风在帮忙
树知道感恩，才放浪形骸

风和雨常形影不离
不见了风，雨自会循迹
乘兴将地皮淋湿

坐看风过雨至树梢动
自问人与自然有何不同
人的江湖藏于心中

悠然此心

这山，那水，还有一条上香古道
记不清我们来了多少回
古道越古就越有灵性
为我们的造访提前洗净了路面

在茶楼里
我们品茗，饮酒，高谈阔论
流云，清风，山水
送来一份“心远地自偏”的悠然

沸腾的血性经过岁月的沉淀
在古稀之年，只剩下生命时
健康，是生活给我们的最高奖赏

生命就是悠然飘着的一朵云
里面可以藏着龙
也可以是一场毛毛雨
只要还在飘，依然是云烟

甜蜜的回忆无价，痛苦的经历铭心
能相聚于故乡的青山绿水间
“悠然见南山”，不负遇见

记住每一次相聚的细枝末节
拨动彼此的心弦，在未来的日子里
把友谊之歌继续谱写

喜鹊的问候

喜鹊的问候
从湿漉漉的枝头传来
雨珠随声线颤动，苍穹渐渐泛起鱼肚白

每次被叫醒的时候
我都沉醉于梦里的某个桥段
鸟儿如此钟情于呐喊
只因为生物钟走得比较快

窗下的月季花，在雨歇中睁开眼
看见银杏树上又增添了许多
晶莹，青翠欲滴

我起床了，喜鹊沉默了
曼妙的清晨
一丝神秘，一些未知，一天开启

喜鹊飞走了吗
不，它们还在
翠叶藏莺，绿芜隐鹊
只是，把喧嚣留给了我

人声随雨声鼎沸
我也学一学鸟儿沉默是金
我不确定唤醒我的一定是喜鹊
但希望是，还奢望有喜悦

烛　光

夜晚点一盏烛光
照出四壁陈旧的昏黄
下过雨的初夏
窗口吹来的风有一丝凉爽

错过了烛光晚餐的浪漫时光
些许微笑或泪眼婆娑
如穿越苍茫的蒹葭，溢于纸上

内心的入口处
燃着一团柔和的光亮
像模糊不清的投影
催生五彩斑斓的想象

那不曾走远的烛光里
翕动的鼻翼被熏成烟囱的内腔
一线逆境中的微光，如此狭长

余生的考量
只为画好一幅图画
一缕清风，一轮明月
小桥流水人家

落雨天

夏天是一个调皮的顽童
任性到没有规则可言
喜怒无常，随时都会变脸

刚才还笑得灿烂，顷刻
又不知为何落下眼泪
还在棚顶，轻轻敲起鼓点

模糊的村庄和原野
呢喃着吴侬软语
一片潮湿的柔软

烟雨空蒙
不见陌上花
雨燕穿梭飞快
思绪跟不上且有点乱
听着鼓点发呆

有些盼望
总是久等不来
不等的，却出现在眼前

五月，原本是火热的季节
被淘气的孩子
弄得思绪万千

沉　寂

这个夏季，有太多悲伤
高温、洪水、“烟花”[①]
每一场肆虐后
皆是目不忍睹的伤害

诗的远方
拥抱大自然的向往
都沉寂在一颗忐忑的心里
能不能给湛蓝的天
碧绿的水，葱茏的大地
戴一个防护罩

沉寂并非心静，纵有一张书桌
些许笔墨，又如何
白天看着蓝天白云发呆
夜晚再凝视星辰大海

一场骤雨，旋即演绎了一次
说下就下的任性
雨止，老天爷的脸似笑非笑
谁知
是晴的开端，还是阴的继续

①烟花：2021 年第 6 号强台风。

夏之末

太阳睡够了
雨说它累了
快晌午了
天公把窗帘拉开了

阳光顷刻洒进心田
叶子抖落身上的雨滴
大地擦干水迹
热浪说：夏天还没过去

不过，我已听出它的怯意
一丝强弩之末的心虚
习惯性地虚张声势
另一季的脚步声已隐约可闻

每年初夏
我都恋恋不舍渐去的春天
不仅仅因为花季，还在于它充满希冀

秋高气爽的日子，或许有些萧瑟
但是，哪一捧硕果的后面
没有无数落叶的奉献

晨　曦

晨曦总是最早浏览这个世界
目光温柔地抚过
黑夜便被唤醒
揭开一个崭新的黎明

顺着晨曦的目光
去感受这块土地的心跳
小草晶莹的泪珠
是大地透明的心灵

鸟儿欢唱的时候
树是最忠实的听众
当人类醒来，鸟儿便学会了沉默

市井逐渐喧嚣
高楼诠释着城市的骄傲
晨曦看不见街道，便把头抬得更高

不是每一个早晨都有晨曦
不是每一个角落都有光明
有些错过，是错过那一刻的心情

在没有晨曦的日子里
我对着镜子问眼睛
你是黑色的，可否去寻找光明

今日出伏

阳光不急不躁
所有的叶子都笑出声来
晨风穿过光帘
顺手捡走一些炽热

从未见过风的模样
只感受到它抚过的微凉
还有听不见的乐章
枝头婆娑时的想象

我敞开门窗，风自由地进来
喜悦的心情，似远客到访

无意吹开不及翻阅的日历
送来今日出伏的消息
是否应该欢送一下盛夏
感谢它的热情

许多失去的东西
当时不曾在意，过后却无法找回
因为，不再有那时的心情

何不学快乐的小鸟
总将新的一天歌唱
或者，像一只美丽的蝴蝶
舒展彩色的翅膀

雷阵雨

一场骤雨
由着性子劈头盖脸地突袭
敲打城市炙热而坚硬的皮肤
水柱碎成万粒千颗
升腾的水雾
化解憋了一夏的暑气

那一刻，老天爷脾气粗暴
云露出一副阴沉的嘴脸
雷在一旁声嘶力竭
理由冠冕堂皇
一道闪电
照出了所有狰狞

雨过天晴又恢复平静
西边的云露出迷人的红晕
像什么也没有发生过
但蝉的集体失声
似在宣告夏天的尾声

我是刚才落下的一滴雨
不明白为什么被云抛弃
若是播种季，我可以融入泥土
现在呢，想找到一条河流
在未变成污水前回归自然

处暑时节

我站在夏秋交替的路口
静赏一幕季节迎送的户外情景剧
朝雨乘洒水车匆匆驶过
热情的阳光尾随而至
即刻用金色的扫把
把湿浥的痕迹清除干净

雨露阳光下的新绿
在风里翘首
用略带蔑视的肢体语言
嘲讽深绿色同枝的呆滞
蝴蝶不理会它们
忙着去找美丽的花儿约会

太阳扮演起两面讨好的角色
白天与夏日打得火热
早晚又暗送秋波
蟋蟀心知肚明
这一刻还窃笑
下一刻又黯然伤神

如果说，孟秋时节是一台戏
炉火已然纯青
深含生命的哲理、生活的道理
又不失宽厚地挽留一下夏的离去
热浪在踌躇不决中

还想逗留些时日

季节交替，不失包容
自然界的演绎
每年都在告诉我许多东西
百花盛开时读不到
生命盎然时读不懂
答案却赫然挂在同一枝头

暮　云

“云想衣裳花想容”
衣袂飘逸似带风
泼洒彩墨
把心情书于蔚蓝的天上

万物褪去金辉的衣裳
夕阳在山腰打坐，于闭关冥思前
忍不住再看一眼缤纷的世界

天上与人间忽近忽远
夏的火热，秋的多情
相望或相忘
都有反复咀嚼后的苦涩

舞台灯光暗下来的时候
恰是剧情转变的一刻
夕阳离得远一点
云的笑容或许更灿烂

莫道挽不住短暂的美丽
把它嵌入精美的画框
钉在心房空旷的墙上
留于梦里慢慢欣赏

盛夏倒计时

盛夏进入倒计时
日头时不时地躲进云后
背光的那刻
阳光凉了许多

湖水从炙烤中缓了一口气
闪烁出劫后余生的泪光
风的手掌温柔地抚过
水面轻轻泛起愉悦的波浪

莲蓬于茂密的叶隙伸长了脖颈
愣头愣脑地望着四周
偶尔传来蝉憔悴的鸣叫
蟋蟀声中传出一丝秋的味道

这个夏天的喧嚣太久
却又刹那，没有多少可以留下
能记住的
不是那些绚烂
而是令人痛苦的悲伤

生活被编织进一张网
有时让人束手无策
阳光从云后探出头来
天蓝得心醉，更加深邃

生命如同一个传说
无限风光，几多梦想
终归，花自飘零水自流
明日即立秋

一　叶

立秋日，凉风未至
一片叶子飘然落地
与前几天的落叶有别
这片叶子担负着报秋的使命
我看不出葱茏的树木有何变化
但对即将到来的秋季充满敬畏

盛夏的热浪依旧阵阵袭来
尽管热得令人难耐
还是喜欢这样的日子
酷热卸掉了衣冠楚楚的外表
露出生活真实的面貌
真实的总比伪装的要好

过去的时光，总是让人怀念
不仅是那些难以忘却的
还在于刻在心里的记忆
日子看似千篇一律
终究每天都有新的故事

秋天是自省的季节
大自然把沉甸甸的收获
呈现在眼前时
我拿什么回敬它？若此
宁做飘落的一叶
至少可以回到它的怀抱

末　伏

末伏首日，天沉云诡异
太阳说，今天休息
闷热的蒸笼被掀开了一角
清凉从头顶吹过
鸟儿想要说什么
叽叽喳喳地叫个不停

小河在静谧中微笑
天公却还以一个阴郁的表情
云的符号还在不断变幻
一切就像一首
听不懂的曲谱
但一定有人听懂了
雅俗共赏，各自解读

路上行人寥寥
居家可以养精蓄锐伸懒腰
望望窗外，再瞥一眼空调

不知道下一时辰
是阳光还是暴雨
我试着欣赏这片神秘的天
然后告诉自己
心情就是黑夜中的一盏灯
只要你把它点亮
就没有理由将它熄灭

伏　雨

雨疏而不细
湿痕把路面染成一地碎花
凉爽的风
不改变雨滴的落点

今夏最爽的一天
不热，不晒
雨像若有若无的点缀
打不打伞，请便

这不是老天在恩赐
而是它喜欢的随心而动
想下雨
又不想下大雨

大自然的敬畏之处
在于它
从不取悦人类
不讨好，不妥协，不掩盖
一切遵循内心的意愿

人类呢
总是假装敬畏
时而祈祷
时而诅咒

每个人
一生中总有那么一丝丑陋
有些人选择掩盖
不在于别人能否看见
而是自以为别人看不见

第三辑：秋天的诗

阳光越来越热烈地
在枝柯上亲吻时
我读到一首
秋天的诗

秋　晨

晨光照亮窗帘的时候
我从梦幻中醒来
梦境恍恍惚惚
嘴上哈欠连连
好梦总是意犹未尽又不明示结局
感谢上苍，又迎来新的一天

阳光一闪即被阴云遮蔽
但温暖窗户的那束光
已经留驻心里
相信可以燃烧一个秋天
风挟着阵阵凉意
忠实履行送秋的使命

我装作闲庭信步的样子
走过如长巷一样长长的小道
透过楼群间有限的空间
看见不阴不阳的天色和它忧郁的脸
岁月的每一个馈赠
俱包含了它的性格，附送喜怒哀乐

喜树成长于一颗幸福的种子
它的每一圈年轮都写满了喜悦
喜气洋洋的叶子，像一张张笑脸
仿佛在说
我不追求完美，但我快乐

秋　声

丹桂的心情溢于言表
穿过雨丝织就的竖琴
像一只巧手
轻轻拨动秋的和弦

那些树早已扎根于此
山和水也安居一方
它们喜欢在浪漫的秋雨里
彼此聊聊家常

在桂花树下品一壶陈茶
唇齿间流出一丝弥久的醇香
逝去的芳华
在山的黛色和荷的雨声里
苏醒了

许多被遗忘的碎片
从嘴里娓娓道来时
也在心里重拾并拼接成
残缺的片段

那些纯净的年华
是大地长出的第一茬草
是大树吐出的第一叶芽
是花儿孕育的第一个蓓蕾

是该去除一下
岁月沉淀的污垢
累了，就在自己的故事里睡一觉
醒来，继续给自己当清道夫

秋　水

秋水的柔情
让古今多少人望眼欲穿
一泓秋水后面或一条流域尽头
藏着许多永久的牵挂

穿越的目光
望得见对岸却穿不透水下的阴暗
心底那份不曾褪色的惦念
为什么要在寒意凛凛中浮出水面

这一刻，时空的界限被轻易跨越
距离，好似不再遥远
同是秋水
北延近 20 个纬度后
便是风萧萧兮易水寒的悲凉

我看到自己小心翼翼地蹚过一片
结着冰碴、水草丰茂的甸子
用一把镰刀收割希望
秋水彻骨冰寒

希望多给自己留一些安静的时光
回望那个热泪盈眶过的地方
秋水为何也泛起泪光
难道你也在与我一起咀嚼品尝

我把毕生都付与
追寻的路上
塞北或江南
宛如一片孤叶
红透或枯黄
都落进秋水的怀抱里

秋　雨

树在期待一季秋高气爽
此刻有点失望
湿漉漉得像落汤鸡
一脸无奈的狼狈相

其实，秋雨的缠绵并无他意
季节更替需要做些铺垫
背后一定经过了主宰的默许
气温才敢借此下降

太阳于早晨亮了一个相
似乎想预告今冬的气象
但很快，雨用执着湮没了阳光

不过，我已意会太阳的示意
今冬的阳光会多于以往
立冬之晨的曙光
就是在布施一个季节的吉祥

生命需要火焰，好把心里的潮湿烘干
急性子的人干脆越过一切
开始谈论春天的景象

秋 风

你无忧无虑地健步山林
树冠瑟瑟为你奏和鸣
叶子曼妙的身影
毅然追随你飘零

藤上叶，泛黄杏
向谁诉说人间悲悯
芳华何须矜持
几度浮华终落英

你携冷姑娘同行
我戴口罩相迎
穿过岁月学会沉默是金
路旁紫薇缀朱樱
引过往目不转睛
你拂过，却不曾留心

秋　桂

夜雨悄悄落
晨风轻轻拂去水迹
桂树湿透以后又晾干
馨香清爽而淡然

念旧的人担心这花很快会凋落
善感之人叹息这香不能弥久
雅人于树下煮酒论茶
农人开始腌渍糖桂花

香气飘进鼻翼
滤出一丝淡淡的哀戚
花瓣飘落或被摇落的那刻
她们的痛，一定也撕心裂肺

鸟类不懂植物的心绪
鸬鹚专注于鱼的影子
蜜蜂循香而来
在每一朵蕊上停留

我在桂树下与枝上做无声地交流
周边那些喋喋不休的嘈杂
亵渎你了吗
桂花不言
无语是她的无奈

“人闲桂花落”
人桂之间也有相通的境界
你落了，我静了
魂魄一起飘向天外

秋　莲

荷花与秋风是前世的冤家
他来了，她走了
各据一季，永不相见
收获的莲抵消不了香陨的悲哀
蔓蔓荷枝把自己哭干
荷叶心碎得自残了半个圆边

雨送来慰藉
于残叶上击打轻音乐
禅者听到一首葬花的挽歌
庸者忧于萧瑟
智者随节奏听出了春天的距离
只有睡莲欲言又止

睡莲已进入一种修行的禅境
闭目昏睡，依然稳稳地浮于水面
花开也羞于卖弄
素颜朵朵如浮于水面的灯盏
揖让之风，君子之守
自谦不形于色

同是天上红粉仙，落入一湖共婵娟
高洁是尘世无与伦比的美德
安贫乐道也是身居尘寰的清醒
内心有各自的缱绻
我醉了，心被这莲缠绵

秋　夜

苍穹闭上深邃的眼眸
将闪烁的星星挡在帷幕外面
云不及退场，尴尬之情赫然于脸

吴刚砍树酿酒苦思冥想之后
效法古翁独钓静夜
银钩一弯无需置饵
自有嫦娥代言

璀璨的人间灯火
在黑暗中越来越耀眼
于浩渺的太空里
如一片星汉燃亮再现

微风拂过窗棂
清空了喧嚣、浮躁、虚幻
心中的海，静而无边
熟悉的秋声，穿过遥远的童年

远山影影绰绰直到看不见
旷野的影子随风飘散
树安眠的时候，床头亮着一盏温暖的灯

夜渐渐陷入一种朦胧的空灵
一切都在为黑暗让行
灯火不肯趋炎，在漫长的夜里坚守

秋天的诗

天上
暮云羞得脸通红
路边
银杏忍不住羞赧
额上黄花掩饰不住青涩
挽着云的手走向圣坛

清晨，曙光揭去了喜帕
朝阳，流泻一片吉祥
流过湖面、巷陌、窗前
暖入心窝

门前枝上那一簇是个例外
日光本想给它加冕
却不小心烧焦了周边
梦想被晒伤了脸
叶脉里奔涌着刚毅和倔强
留几许底色不老

晨光慢慢滑过
万物在它的注视下依依不舍
阳光越来越热烈地
在枝柯上亲吻时
我读到一首
秋天的诗

中　秋

小时候，一块月饼
赛过许多幸福的向往
没有愁肠，只有回味无穷在舌上

今夜，无限相思半空悬
愁绪似水
独坐，遥望，沉默
弱躯不堪秋凉

一个无关风月的心结
归去来兮，亲人和故乡
多少话，在心里
只对自己讲

树上结满青涩的香檬
附近闪烁着人间灯火
星星隐匿志向，闭眼梦云骧

月亮一定在不远处
用白银堆砌它的圆满
人间的许多不圆满，已陈旧得泛黄

没有月光的中秋夜
如一贫如洗、家徒四壁
空落到只剩几块月饼
惆怅无处安放

月儿十六圆

彩云不追，众星不捧
我举万家灯火迎接
人说：十五的月亮十六圆
但我，只是等你来
圆与不圆，等你来

好想见一见你的笑脸
你一笑，我想起了童年
那些月光下的故事
那些天真烂漫的憧憬
禁不住笑出声来

还认得我吗
那个曾被你用流银的手
抚摸过无数次的懵懂少年
在荒漠的岁月里
望着你遐想，然后
消失于生活的尘埃

今晚，我镀上你的银白
于芸芸众生中
很容易一眼瞥见
无论你看没看见
我看见了，看见你笑了
明天，一定是个天高云淡的好天

暖　秋

节气像是被什么事情耽搁了
上一季的余温恋恋不舍
风儿守口如瓶
不该说的不多说一句

都说气候变暖了
但太阳的直射点却在南移
都说是个坏消息
警示的描述毛骨悚然

但我想
大自然自有它的规律
未必，一定是灾难
寒冷的折磨更令人恐惧

今天，又是一个烈日
心里盘算着
是否该把那几件冬衣
拿出来晒晒

暮　行

“秋老虎”在晚风轻抚下撤离
暮云羞涩地露出红晕
溪水流入没有波澜的平静之旅
余晖将隐，竹径寂寂
我走进一个似曾相识的黄昏

这条路，隐约如一个预知的故事
曲径复交叉，又似未知的迷
竹林为什么屏住呼吸
好像在等待揭开某个谜底
知了孱弱而短促的虚张声势
泄漏了恐惧的底气

轻纱一样缥缈又美丽的伪装
掩盖不住云透明的心思
趁天边尚有一缕光亮
不如大胆将心事曝光
夕阳红透了，但也落下了

当我往回走的时候
天黑了下来
路灯亮了
我踩着地上的白银
天上看不见云，也看不见星星
一切已被清空

寒　露

热浪萌生退意
许是疯累了，玩腻了，觉得乏了
如诗一样优雅，挥一挥手
轻轻地走，于晨，于晚
天色也懒于梳妆
面无血色，不施粉黛
云的素衣白裳，上面没有绣花
太阳的脸上挂着微笑
依然有一股绵里藏针般的炙烤

树叶的眼神有些异样
昨夜着凉了
有点蔫头耷脑
紫薇花儿何时谢了
落花已被清扫
那花容，已归一缕青烟
路过的人，无一驻足凭吊

人们行色匆匆
假期结束了
朝九晚五，是城市的主旋律
交通开始拥堵
商家挂起“打折”“甩卖”的牌子
早点摊老板的脸上堆满了笑容
朋友圈充斥着相同的问候
“今日是寒露，早晚要添衣”

诡异的云

“康森”和“灿都”[1]似孪生兄弟
在太平洋上共舞
一路向西，又分道扬镳
雨和“灿都”一直在热恋
“灿都”尚在千里之外
雨已急不可待
一通接一通鼓点
擂得路人失色，枝头乱颤
催得“灿都”心急火燎地赶来

云使出见风使舵的伎俩
换了美丽的盛装
做不成红娘便做伴娘

大自然的每一场狂欢
对于人类来讲却可能是灾难
所以，人类有许多恐惧
必须重拾敬畏

天伪装成一抹绚烂的霞色
用一副波谲云诡的笑颜
看如梭的车流，将一片静谧任意压碾

①“康森”和“灿都”：“康森”为 2021 年第 13 号台风，“灿都”为 2021 年第 14 号台风。

秋深了

窗帘轻轻飘扬
风用它的寒意
与我交换了一个喷嚏
顺便提示
天凉了，请添衣

楼群阻碍了风的去路
风便四处寻衅
把树摇得晕头转向
虽不甚凄冷，但也是个坏脾气

秋雨是个慢性子，走走歇歇
它身上有一种化学元素
植物被淋一次
就发生一些色彩的变异

秋深了，是一句隐语
长江以南，山还坚守着绿意
冷暖寒凉
其实在人的心里

清澈的湖水
依然如明珠般璀璨
优哉游哉的禽类
似乎失去了对深秋的感知

雁阵还在万里之外
草木山水
体会不到人心的孤寂
年轻人捧着一束玫瑰
眼中泻出一片爱意

叶　色

此时，这个城市的每一个角落
都在上演叶色的戏剧
它黄了
它红了
它还有些羞羞答答

五颜六色
鲜艳乃至透明的每一叶
写满了成长的日记及心事
而此刻
似乎都被解密

阳光投来一些影子
企图帮助遮掩一部分尴尬
但光与影的碰撞
将最后一点隐私
化为幻象

星星点点的雨也跑来助场
萎缩的叶子
抽搐着落到地上
很快
像湿透的纸一样平躺

叶子最美的颜色
是它步入苍老

生命面对消亡的前一刻
欣赏它的痛苦，并以此为美
世界微笑着送我们一个美好的错觉

我的视界里看到的都是扭曲的
世界是扭曲的
美也是扭曲的
幸好，看不见自己的心
它肯定不是扭曲的

桂　花

这馨香并非炫耀
像裹不住的青春气息
从衣襟的四周
从身体的曲线里
迸发出来

而那种发自内心的喜悦
都化作一串串掩饰不住的笑

我于树下篱旁，看到
那些笑也有醒目的色彩
金灿灿的
也有浅浅的嫩黄

可以想象
选择在秋天盛开
那么，在春夏季的喧闹里
该抵住多少诱惑

接踵而至的雨
似在为你洗净铅华
晨光一闪而过，与你会心一笑

若非有你
这寒意凛凛的风里
怎有一股暖意在心里涌流

落 寞

荷落幕了
没有接受阳光的挽留
也不再等待冬雨的来临
认真地完成衰老的过程后
坦然走向死亡，不拖泥带水

曾经，这片湖是属于你的
所有的眼瞳也是你的
还有许多赞美的诗写给你

那些出淤泥而不染
大珠小珠落玉盘
已随时间消失在风声里

透过纤弱的枯茎
可知你曾经无限风光的背后
也脆弱易碎

你一定很累
枯萎的叶子浮在水面
就像我们每一个人都活得很累

春天，一切会重新开始
鸟儿们会唱起同一首歌
但我要如何度过一个无你的冬天

秋虫唧唧

清风掀起秋的衣襟
拂过脸的沟壑，额上霜雪
也扇动雨后的灌丛
响起时断时续的奏鸣
单音，和鸣，振翅的声音
听见的和感觉到的

寒蝉于羸弱的悲腔里
混杂着一两声亢奋的高音
宣告生命的传承
将随一片叶子的归路
进入轮回
那记竭力拍响的颤音
传递着对生命不息的赞颂
心的窗棂，怦然叩动

秋虫在集体诵唱大地的慈悲
也在诉说各自生命的愁绪
隐约唤起的忆与思
已经远离城邑

每个人的心中都有一首歌
像蝉从夏到秋的歌唱
像螽斯告别的低吟
似花大姐扇动翅膀的微茫
或是毛毛虫嘴唇微不足道的翕动

但这一切，难道
不是生命的诗行？每个音节
直至不同音阶，都流淌着
对生命最简单的诠释和表达

人的感知与虫鸣一定有某种同频
此刻，我仿佛听见
蟋蟀欢叫的回声
已从旷野转移到农舍的土墙下
天气凉了，但那叫声
依然不绝于耳

晨市一隅

树木换季时的变化很美
无论哪个季节，都有鲜明的印记
于晨市的一隅
就可窥见它们，张扬的个性

即使很快就要凋零
也以美好的心态
在阳光下微笑
或在细雨中梳洗
给尘世，留一缕不同凡响的回音

一只拖着长尾的鸟
躲进一簇正在化妆的枝叶里
树上根本没有巢
是想去避一避人间的喧嚣
叶色是一件迷彩服
安全又清静

我相信所有的遇见
都不是无缘无故
秋色浸染的思绪
有时也会编织类似的梦境
生活及生命
都是周而复始的接力和传承
不应逃离大地的胸怀
但必须告别怅惘的陷阱

落叶缤纷

风，趁黑夜拂过树梢
亮出袖中的刀，收割的快意
轻描淡写地湮没了寂寥

如一页欲诉说而堆砌起来的文字
落于晨光抚慰的一角
诗意或失意，在人们的踩踏中叹息

哦，大自然啊
在亿万年的修炼中
打磨出一幅动态的画境
还缀满了诗意

为此，枯叶在时间的长廊里飘了很久
一叶叶，像跳动的火焰
温暖萧瑟的冬季

缤纷的姿态
总被纷飞的雪消弭
但那份优雅、淡然
已遥寄给春的信使

走进落叶缤纷的世界
不必彷徨、伤感
心沉静下来的时候
这情景，不过是日常点滴

一地金黄

（一）

你用生命
铺就一地金黄
却为人间
绘出一幅绝伦的油画

是想告别
世间的浮华
还是
展现最后的辉煌

熟透了，就该掉落
不想
烂在枝上

无论红极
还是黄透
不过是生命中最短暂的时光

（二）

大地的斑斓
是初冬最温暖的衣装
囊括了四季的色彩

看似没有章法的调色
像一个激情的组合
把一个萧瑟的季节
装点

每一种颜色的演绎
都有自己的故事
辛酸或美好

生活中的斑斓
藏于灵魂深处
遇见了，便是喷薄的诗意

（三）

耀眼的杏黄
像寒风里的火把
金灿灿的光亮
消弭了冬日的凄凉

树上树下
都是暖阳
绚烂和优雅
与激情一起迸发

飘落时也带着禅的意象
轻轻地落在地上
却撞进人的心房

这杏黄
也如陈年老酒飘香
不消喝，就醉得神怡心旷

（四）

平凡
无人会在意
浅或深的绿
才是生命的常色

艳极
常是衰败的前奏
人们最喜欢欣赏
凋落的刹那

从叶上踩过
沙沙作响
是呻吟，还是倾诉

那一刻
想告诉我什么
不舍，还是彻悟

（五）

金灿灿的落叶
是对大地的奉献
即便根的四周被混凝土覆盖

起码也是一道风景线

从辉煌到凋落
像一场喑哑的涅槃
在冬与春的转换中孕育着
来年的绿意盎然

归宿也是起点
明春枝头萌生的嫩绿里
会展现你全新的容颜

有人说，每片叶子
都有不同的叶脉
我猜
还会有不一样的心态

心怀期待

大自然不用画笔
只把颜料往天地间随意一泼
雨淅淅沥沥地晕染
风慢慢吹干
阳光用温度雕琢
浑然天成，一首如画的诗歌

没有一首诗写得如此多彩
道尽这个城市的浪漫
我读它的时候
嗅到芳香从句子里飘来

木叶微弱的颤动
抵御了沉寂许久的倦意
秋思，冬语，串成诗行
呢喃着走进希望

树木开始抖落身上的枯萎
花儿继续不懈地开着
金叶毫不吝啬地铺满一地
蒲苇轻轻，像朵朵飘忽的云

唯有一湖宁静折叠成船
在时光里漂远
这个冬天没有寒冷
目光在穿越中骤然升温

大自然可以用冰冷的冬季
孕育出春天
那我就从心底孵一双翅膀
飞翔，心怀期待

清晨寂寥

脚步与寂静轻轻摩擦
抑郁的天色将晨街拉得很长
台风学会了“装”
摆摆样子走了一次过场
太阳猝不及防
停在某处盘桓彷徨

落叶在心里念叨一句成语
灯笼挂在树上串成球状
用浅蓝、淡紫或深褐写意
枝头缀满碎黄

候鸟还在谋划出行的日程
留鸟缩着脖子安享静谧时光
钢筋水泥的格子房里
有人怀念起市井烟火的陋巷
便早起去菜店或早摊
寻找生活的原香

远离闹市的清晨
寂寥，一副超凡脱俗的模样
晓风习习，恰好微凉
小草含着一粒甘露神采飞扬

心　海

我想给故乡的秋
来一个深情拥抱
寒流突然将它
揽入冬的冷怀
世事沧桑，变即不变
如这古埠头，酒旗风依旧
脚印——你的，我的，他的
一年又一年
留痕

古道的下面
或有更古的古道
埋着
一段被香烛熏旧的时光
俗世浸润过的生命
如今
钻进花样翻新的鞋子里
兴致勃勃
走在新的古道上

群山
湖泊
树木
花草
都看在眼里，却把一切埋进心里
雕塑的智慧是从不说话

用隐喻和暗示
一荣一枯，或
拈花一笑

世界一直安静不下来
我们该怎么倾听彼此的心跳
有哲人说：对未来的真正慷慨
是把一切献给现在
那么
任秋去冬来，时光飘散
请留住
这一片心海及波澜

第四辑：一场冬雨的迎来送往

枯萎了，湿透了
无论生命，还是体重
都无法承受
毫无意义地悬挂

冬　晨

阳光情有独钟
用温暖的唇吻遍城市
水善解人意
泛起波光粼粼
树像守护神在湖畔矗立

鸳鸯戏够了水
飞上树枝歇息
鸽子像纯洁的天使
愉快地接受孩童们的美意

老人的书法在公园地砖上龙飞凤舞
枯荷扮演了西湖冬季的精灵
人们在阳光下享受久违的温暖

枫叶黄了
山茶花开了
湖水亘古美丽

冬至随想

冬至日
继续着淅淅沥沥的雨
带给这城，这湖，这一方
是湿漉、寒意和谜一样的雾

都在说：冬至快乐
若晴日，有温暖的快乐
在北方，有银装素裹的快乐

船儿划进湖中
船上的人是快乐的
不为冬至
是为这景，这情，这湖，这一刻

伫立的枯荷
凄凉却也快乐着
留得残荷听雨声
不只是古诗里的意蕴

我行于湖畔
不喜欢冬天的雨
却迷恋这氤氲的诗意
还祈盼，杲杲出日

残红飘逸

冬至，一晃又年底
这景，还是那样旖旎
银杏秃了，枫叶黄了
猫儿刺红果嵌满枝

那些经冬不凋的亮丽
方显真情实意
成熟，不逞一时之美
而是平凡地走过四季

年初，我们都曾屏住呼吸
好在，于时间面前
万物皆是过往

阳光所至
那湖水，还是绿如碧
更有几许残红飘逸

觅静处发呆

去年冬至，细雨如烟
今年冬至，日暖水光潋
觅一僻静处发呆
安享阳光美景不负天

岸上枯枝、水中倒影闲
一群麻雀宿枝间
锦鲤依然优哉游哉
随遇而安，幸福很简单

曾经有很多茫然
那些以为过不去的坎
还有放不下的为难

学会发呆，也能悟出点禅
倾听树叶落地的声音
告诉我：放下、放慢、看淡

冬雨湖畔

（一）

雨若有似无细得看不见
湖面蒙上一层神秘的色彩
水天一色舟点点
是归来？又仿佛越走越远

岸边枫红杏黄绿相间
地湿如镜胜湖面
飘过一把红雨伞
缓缓消失在画一般的长街

英雄的碑塔耸立在湖边
浴血保卫并眺望的
正是这个城市宁静的今天

荷把所有的美好都做了奉献
虽累得耷拉下脑袋
还在坚守最后一道风景线

（二）

氤氲了湖面洗净了岸
朦胧与清晰各半
如同湖与城的分界线
雨今天充当媒介

集贤亭不言不语水中站
几经变迁毁建早把沧桑看淡
银杏湿了衣衫，更显风采
枫点亮火把温暖冬寒

我在冬雨的湖畔流连
叶的灿烂比花精彩
与雨一起润入心田

不忍踩踏带泪的落叶
没有叶子的小桥流水
潺湲而寂然

像雨又像雪

（一）

风掠过浩渺的湖面
脸颊拂过一丝潮湿的寒意
分不清是雨还是雪
细微得不易察觉

好像是北方的雪
穿越一路温暖的销蚀
历经万水千山疲惫地到达
那份亲切，实在难以言说

季节是绝妙的化妆师
用浓墨重彩的笔，绘出南方的冬季

但，还是怀念
第二故乡的皑皑白雪
忘不掉那片冰天雪地

（二）

昨夜的雨，一定夹雪
否则，何以如此神奇
山的浓妆退了颜色
斑斓的树干半秃了枝

柳打蔫，湖面泛起寒意
桐叶铺满泛黄的草地
雀鸟冻得颤音连连
时间开始将景色储入记忆

世间很多结局都充满无奈
我只能怀着深深地敬畏
一遍遍地行注目礼

你却说，每一个微妙的变化
都暗示着时间前进的步伐
下一季就是春暖花开

（三）

今年的初雪，稍纵即逝
因为，时机尚早
只有冬天将大地初始化时
才会还大地一片洁白

总以为，春花、夏草、秋果
都在为冬的厚重铺垫
其实，冬的萧瑟正在孕育明年的希望

冬，就是过去的删除键
按下，为未来清场，为新生开道

当春风重启
吹开的，都是充满希望的生命

雪　痕

昨夜，雪有些矜持
悄然来去，不想留痕迹
晨起，瓦上依稀可见
远眺山裹银，方知雪已霁

东边露出一抹晨曦
在水面反射出丝丝寒意
湿漉漉的落叶躺满地
讲述着白雪公主路过的信息

风一定是大自然的信使
不然，寒流为何如期而至
当然，还知道明天雪是否继续

生命的过程，像极了变换的四季
好坏并存，冷暖交替
也不缺可以讲述的故事

微　雪

雪是冬天的精灵
舞姿优雅轻盈
身形娇小到看不清表情
脸上落满你的吻印

不敢温暖你的心
怕融化了曼妙的身影
只好摄你入镜
与你时时话晶莹

你用柔情
让城市洁白如银
婚纱很薄，有些透明
但很美，华贵又万般风情

你来为辛丑启新
用别开生面的场景
将雾气驱散
欲还一片洁净

我有一点愿景
多飘碎琼满广庭
万树梨花笑迎
牛年好景，好运共佳境

冬　雨

你是那么飘忽不定
来匆匆，湿重重
枯叶哪经得起你如此捉弄
鸟儿把头埋进羽绒

风吹雨，寒意易入梦
一掬泪，咽入心头
一滴滴，一声声
听你与大地啜泣相拥

枫叶红晕，杏叶黄透
雨中一别梧桐瘦
记得那时，云疏影浓

你卧，我念
窗玻璃模糊成昔日的懵懂
生活的碎屑，划出几道带血的心痛

任雨泣，悲喜自渡
生活就像一场又一场寒雨
淋透了身心
近若一地落叶，远似薄雾笼烟

雨从它的视角，看不见叶子的舞蹈
误以为，叶子不是舞蹈家
大地，是它的坟冢

孟　冬

姗姗来迟的阳光
温暖着路上、树上、墙上
水面轻轻荡漾
体弱的树开始谢顶
斜阳光束里，尘埃翩翩起舞

秋去处，风动影移
飘落的一叶孤独
瞬间忆起晶莹的露珠
离别的目光注视着风
拂过山茶花的脸颊，又越过
无数人间草木

冬意，开始填补生活的缝隙
日子打扮得五彩如画
菊花黄过，继有银杏、枫、杨
无人问津的灌丛
摇曳着卑微的小花
静候日暮

红枫点亮火把
长夜挂起半个月亮
葱郁于心中的那片森林
开满了童心，叶与枝头
相约在春天重逢
我的重逢，约于梦中的一方净土

大雪时节

朝阳把温暖的手伸进南窗
抚摸它够得着的每一个地方
光明的印记上，烙着暖暖的爱意

温暖人间的视线
直来直去，没有拐弯抹角
不带一点多余的装饰

时令的“大雪”，在心中飘
燃烧的生命，长出飞翔的羽毛

希望是一座高耸的山
生命曾经是雪中的白桦树
在寒冬里集体孤独
与洁白的雪花相映

每一种残酷
都有美丽的外表
在光影的金辉里
我看见一只飞向太阳的鸟

故乡是一池蓄满童年的湖
我在岸边徘徊时
心遗落在白桦林的雪地上
没有雪，将如何找回

风中的舞蹈

宿雨让今晨的日头
变成了冷光源
看起来像一个节能灯泡
悬于风中，略显黯淡
热量裸露于空中
被风随意吹散

痒痒树一直没有穿衣服的习惯
冻得瑟瑟发抖
它没有进化出打喷嚏的功能
只能在煎熬中，把脸憋红

风尽职地履行着季节的使命
一次次从枝头穿过
无视叶子冻僵的声音
逼迫它们，成为优美的舞者

风中的舞蹈，没有舞台
只有无数次被扬起，再跌落

从春天绽出第一抹新绿时
风就知道结局，但不会言明
涅槃，是重生的开始

门窗洞开任风穿堂而过
风中是否有一丝春的气息

风的表情

风在天上的时候
表情是一个谜
云善观风色
不以一桨一楫
从容张帆远去
眼光投射不出抛物线
目送它
消失在天际

风在地上的时候
性情有些可畏
树枝痛苦地战栗
被抽干的、蜷缩起来的枯叶
如悬挂的襁褓
每一次瑟瑟发抖
都在呼唤
陌上春风吹

风在夜里歌唱，暴露了它
对自己五音不全的自卑
嗓子近乎呼啸
搅扰了多少人的好觉
孤独与寂寞厮守
无际的想象
得半宿之清醒
抵十年尘世喧嚣

风于清晨尤为冷酷
寒意与干枯一齐钻进心窝
我紧一紧衣领
蓬松的羽绒服里
有无数像云一样洁白的绒
是我温暖了它
还是它焐热了我
东边，一片金光从天而降

一场冬雨的迎来送往

（一）

雨不合时宜地下起来
我正奔波在路上
雨势不大不小
不想给我一个必要的
可以停下来避雨的理由

如这一生的路
多数时候
只好
硬着头皮走下去

伞可以遮住头顶的雨
却挡不住迎面的风

从叶隙、屋檐、棚角滴落的水
在伞面溅开
湿意穿透心窝

川流的车轮碾过积水
响起一片呻吟

（二）

雨来帮你告别秋色

毕竟，眼下已进入冬季

叶，向你告别今生
不必悲哀，来生还要相见
枯萎了，湿透了
无论生命，还是体重
都无法承受
毫无意义地悬挂

树在雨中哭泣
泪水湿透躯干
不为叶的离去
不为冬的来临
只为送叶最后一程

苍天啊
请看在曾为人类庇荫的份上
善待它们的躯体吧

我越过蔫在雨地上的枯叶时
脚步有些沉重

（三）

时令交接本没有手续和程序
用一场雨迎来送往
是孟冬和仲冬哥俩的创意
冷空气喜欢这种安排
寒意不露声色地来

衣服一件件地添

路上的伞
像蘑菇一朵朵地开
但少有一把伞
是为他人撑开

就好比人情冷暖
又好比世态炎凉

雨把一切都诠释得这么清楚

远处越看越是一片模糊
近处越看越有一种糊涂

我也在雨中迎来送往
今天，明天，说不定哪一天
这雨
就化作了雪

线　条

荷，是上天派到人间
展示各种美的
所以，它的美是骨子里的风韵

即便剩一茎干枝
线条，也勾勒出简洁的几何图案
暗藏玄机

从小荷尖尖，到翡翠玉盘
出淤泥而不染的高洁
留得残荷听雨声的情趣
都是荷，走过四季的美态
呈现出不同的美感
生命的、视觉的、品质的、意境的

凄楚的秋雨
也因而生出几分诗意
冬季的寒风
吹折了它瘦弱的枝干

水光里
无数根线条用不同的笔触
绘制着下一季的美丽
蜻蜓已在飞来的路上

枝 丫

这个城市的冬天
法桐的枝丫最利落
如裸露的臂膀和手指
优雅地指着天

天高兴地泛起海蓝
阳光少有这般温情脉脉
穿过指缝，越过臂弯
轻松地漫过市街

总有枯槁残叶吊于枝头
乞求着延缓生命
云怕被枝丫刮破衣衫
干脆躲得很远、很远

时间将沉淀的尘埃
抖落在荷枝上，像一支铁红色的锈液
注入年迈干瘪的血管

水杉高挑的身材伫立湖畔
西湖是它广阔的舞台
遥想春天表演时的装扮

我站在一片枯色里
领略不到世间的凉寒
没有阻挡的枝丫，在蓝天下自由张扬

蓝　天

树杈携起手来
把一片蔚蓝举上天
落叶把草地
染成相同的色彩

每一条小溪
都是大地的泪腺
经年累月地潺潺
怎能不流干

我知道
那蔚蓝的后面
藏着春天
离这并不遥远

从蓝天下走过
心里泛起一片海
海里也有个春天
提前春暖花开

冬　朗

万物披上阳光织就的衣衫
枯枝不再显得突兀
湖光山色和谐地相映
寒冷融化于闪耀的温暖

蔚蓝的天空是印象派画家的杰作
云知趣地不做多余的表白
就这么凝望、发呆
是不是虚度光阴的最美时段

赞美的诗篇读过千百
此刻内心的花开，胜过笔楮描写
心与湖归于柔情一脉

船儿载着心情远去
一浆一楫，一往情深不露痕迹
诗意雅趣，何须春来

天朗气清，惠风和畅
艳阳的每一束光华都是春花
铁锈色的枯枝唱起古老的歌谣
绽放，凋谢，还将盛开

世界上最美的风景，要有阳光
哪怕一片寂静，也如曼妙的天籁
一切都在朗朗晴空下释怀

暖 阳

我站在湖边眺望
云穿着透明的衣裳
太阳不惜用重金
在水面镀一片暖意的粼光

我希望眺望的方向
有一朵可托付的云
有一颗心
一对翅膀

冬天来了
无论这边或那边
长夜会蚕食白天的时光
梦的尽头或梦境之外
都有一段牵挂

这边秋菊依旧风雅
山石榴和月季一直开着花
树正忙于把叶色焗黄
山脉惬意地晒着太阳

而那边呢
白雪公主飘着她的梦想
冰凌花开始在玻璃窗上
筑起冰冷的几何墙

在冰河上凿冰下网
于冻僵的残枝上编织希望
当摆脱生命的羁绊后
用余生治疗陈伤

无论于岁月的哪一刻
回溯时光之流径
曾充满春意的
也有肃杀如冬的怅惘

西边的山脊可以吞噬落日的光亮
东边的地平线挡不住旭日的出场
我对明天的期许
就是共有一道温馨的暖阳

小寒时节

小寒节气昨日悄至
几丝雨不冷不热地敷衍了事
无半点寒冷的仪式
天有些愠怒
欲加一把力
但，氛围实在严肃不起来
任阴霾由近及远地消失

枝头未见春
报春的开场戏
已在悄无声息地演绎
既然时令留不住
且把冬天的故事
为春天编译

那边刚吐几朵梅意
忙乱了许多人的手机
却不及细看
灌木丛里
山茶、芙蓉、杜鹃、月季
已密密簇簇地凑集

太阳在海的深处隐匿
似乎在等待一个亮相的时机
余从不敢将年华虚度
然，年华

总在若即若离中度我
岁月飘零韶华寂

即便如此
念旧的人还会梦游千里
少壮不复，日暮渐西
仍然装作不谙世事
乐待小寒大寒，尽逝
媚眼看春枝

回　想

今天是腊八
我下意识地摸了摸下巴
曾经被冻得说不出话
风带着刺骨的针

喝了一碗腊八粥
却品出许多回想
湛蓝的海挂到天上，雪白的墙铺在地上

井台成一丘冰冢，轱辘常被冻僵
在开满冰凌花的玻璃上
哈出一块窥望世界的心窗

像一副爻卦的预言
时间、空间、距离
都解释不出它的玄机
心永远无法走远

阳光像没有边际的瀑布
洒落在这个城市
楼宇像人造森林，遮住了部分暖阳

我漫步在这个叫故乡的城市
与腊八相遇
向着蓝天自问，什么时候能长出翅膀

腊八粥飘香

时间是一条看不见的暗河
在日子里流淌
转眼又到腊八节
瞬间，觉察它的流速
比想象中
要快得多

友人送我腊八粥
冒着热气，温暖着心窝
飘着情感的香甜
一份谢意，一份牵挂
从流逝的时间里析出

腊月寒冬，一碗热粥
祝福和心愿，友情和挂怀
都浓缩其间
不知不觉想起那些遥远的日子
岁月之河的某一处
有我们快乐的源头

时间也是一条魔幻的河
我们快乐地奔跑
穿过俗世烟火
头上却落满雪花
幸好，腊八粥还弥漫着余温
可以品味既往的甜蜜

回 望

二〇二一年的最后一天
从西湖南岸能清晰地望穿北岸
蓝莹莹的水映着湛蓝的天
云敞开坦诚的胸怀

北望，回望，凝望
一年，半生，彼岸
目送一场告别
从起点对过去说一声再见

小船悠悠
任碧水涤清尘世的烦扰
心火被希冀重燃
荒芜连同伤痕一起化为云烟
留下许多甜蜜濡湿了意念

阳光照进荷池
枯色孕育着生命的萌芽
湖畔，被阳光加冕的老人
安享着幸福的晚年

我与文学结下一段缘
再无闲暇向生活抱怨
犹如残灯复明
风景不再黯淡

读写思考
为自身解梏
收获丰富的内心
欣赏天堂般美好的每一天

书　写

今天，去年今天，前年今天
由此上溯到
微信横空出世那年的今天
溢美的祝福之词
制作精美的短视频、表情包
在每一部手机屏上
泉涌
如升起的烟花
眼花缭乱

喧嚣之后，热闹之余
心空落落的
怀念那张
一笔一画都有生命的信笺
怀念那种
翘首期盼月余的等待
怀念那些
或娟秀，或粗狂，或力透纸背
甚至弯弯扭扭
却带着体温的字迹

新年的第一天
我用略显生疏的笔在纸上书写
依旧摆脱不了输入的桎梏
人类的通信手段
方便、快捷

但，请别忘记我们古老的笔画
书写，是一场刻骨铭心的雕刻

这是新年伊始
对自己的告诫

寄 语

我蘸着阳光的金辉
写一些俗话
对新的一年寄予厚望
风笑我痴
我也欣赏它的傻样

风那么努力
然而吹不动阳光
甚至，填不满空旷
我却可以让阳光充满心房

希冀飘舞在每一个晨光里
风千方百计地将它吹散
并甩下一个和煦的微笑
讥讽里
添了一些麻醉剂

我要抢在飘散前
抓住它
埋进心里
风只能叹息它带不走的惆怅

埋头读想读的书
写喜欢写的字
世上有多少附庸风雅
都暴露在谈吐上

从生命中留一段余生偏安
书，茶，阳光，遐想
从容地消磨时光
领悟生活的每一滴感动和细浪

第五辑： 枕一帘雨声入梦

这雨，似曾相识
似儿时那场春雨般酥润
一首遥远的童谣
轻吟于悠长的夏夜

路　遇

诗意的雨潇洒了一宿
清晨，消停了
把诗意，留给了路上的我

太阳在云层后打盹
风下调了几个摄氏度
有点讨人嫌了
的确，不去吹散雾
却去枝头撒欢
树叶已经过了婀娜的年龄
集体摇头，嗔怒，不堪摧残

柳枝向变色龙学习
把叶子调成暖色
但风亮出它的梳子
每一遍梳过，总有几叶梳落
生命，就这么脆弱

我到达目的地时
太阳睁开了眼睛
风柔了，叶子安静下来
人间万物
各有悲喜
阳光是一道温暖的调和剂
在它的普照下
一切，悲喜同行

淋　雨

小时候，淋雨是一场快乐的玩耍
伙伴们拿着鞋，光着脚丫
到空旷处跳跃欢唱
在积水里跺脚溅起水花

浸满童趣的孩儿没有愁肠
笑声伴着雨丝飘扬
穿过狭长的陋巷
青石板被雨洗得锃亮

妈妈拿着鸡毛掸子来恫吓
高高举起，又轻轻落下
像赶羊般把我赶回家
然后，撩起围裙擦干我的小脑瓜

换了干爽衣裳
心绪仍在放浪
羡慕地想
童伴们在雨中欢畅

如今，鸡毛掸子成了收藏
妈妈也去了天堂
我忧郁地望着雨不停地下
心里空空荡荡

枕一帘雨声入梦

这雨，似曾相识
似儿时那场春雨般酥润
一首遥远的童谣
轻吟于悠长的夏夜

一匹青骢闯进脑域，踏碎梦呓
与一片不堪重负的落叶
共鸣于雨夜

在雨声如诉的夜晚
想起许多做过的梦
走过的路，无数次酩酊的盛宴

看似一幕幕毫不相干的独场戏
却串起了一部人生的长剧
剧情过于平淡，没有看点
还有许多蹩脚的滑稽

此生，就是秋天与落叶相遇
冬天与枯枝相守，在万紫千红的春天
默默欣赏不属于自己的精彩

夏季，直面毫不吝啬的阳光时
选择躲开，这就是生命的全部
今夜，何不枕一帘雨声入梦
心境，只有自己最懂

雨中，去寻一抹嫣红

（一）

雨中，在一片枫叶下徘徊
不全是为欣赏美色
就想陪着你
像陪着心里的人一样

我打着伞，可从伞下窥望
隔着伞，你看不清我的脸庞

记忆里
你的容颜比现在青春
同样的冬雨淅淅沥沥地下

那一年挥别，豪情胜过悲怆
随后就是天各一方的凄凉

（二）

那时的雨比今雨缠绵
别时，还在纷纷扬扬
你说，很快就会相见
再相见，已是这般苍老模样

喜欢你现在的颜色
叶黄素沉淀出岁月的从容

像画，嫣红里呈一片焦黄的暮色
如诗，浪漫得依旧让人动容

微风轻掠，你微微颤动
叶脉有法令纹延伸的印痕
那一刻，又拨动了我的心弦

生活中有许多故事
都源自最初的心灵
是可以吟唱的诗

（三）

我在雨中寻那一抹嫣红
这条红黄相间的路
像缓缓远去的时光
只留下一个身影在脑海里遐想

一切怀念都是美好的
经过岁月洗礼、人生历练
最初的爱恋
仍会于心里郁郁葱葱地生长

我知道，每一叶光鲜亮丽的背后
都隐藏着不为人知的，孤寂与寒凉

你落地无声的淡然
恰是精神丰盈的一种显现
我在心底为你歌唱

听 雨

听雨，湿的是心境
黄梅时节家家雨
淅沥在屋外，浸润入心怀
梅子几行泪
墙角数朵“霉”
淡淡的忧思
发出浅浅的诗意
望断天涯路吗
满目沧桑雨淋透

听雨，悟的是释怀
心事点点融雨中
溅起的水珠，似生命的浪花
滴落雨棚叮咚，飘打桐叶沙沙
不同的境遇，便有不同的回响
相同的是，人生都哭着走来
不同的是，未必都笑着离去

听雨，是一场修行
雨滴落下的瞬间
用心品澄澈，远离尘世喧
笑对沟沟坎坎，淡看深深浅浅
人生不会一直阴雨天
这不，窗外雨霁，鸟语悦耳

阴霾散尽

阳光唤醒了我
再甜的梦
也不及
冬日里一道惬意的暖阳
天空笑起来
云，成了多余的装点
心情像碧海
所有阴霾都被驱散

槐树安静地接受沐浴
透明的心情在叶上
闪着渴望的眼神
水杉把头伸进蓝天
依偎在暖怀
诉说，经历秋冬的磨炼

梅花等待着雪
似乎越等越遥远
难道，要独自开败？且慢
不必望眼欲穿
非要用一场寒冷的漫天大雪
来证明高洁
光明照亮心窝
不也胜过
一切明净、洁白

碧水倒映着蓝天
暗藏着春色
只要春天进驻心里
那就永远走不出那方寸之间
所以，依然有花朵
传递着春意
生生不息地开

如果一花一叶
活成被嫉妒的样子
那一定是
提前占有了春天

高　铁

飞龙贴地疾行
踩着两条细长的轨道
远山在旋转
大地在移动
扑面而来的
又瞬间离去

我岿然稳坐
抿一口春色
品味这快捷的惬意

速度是属于这个时代的
对个人而言，希望
人生的脚步慢一点
再慢一点

酒　徒

不想喝是真的
但感情就是假的吗
酒，既然是感情的替代物
标准即是君醉否

从推杯换盏到推心置腹
把心都交给了对方
还有什么可以阻止
那些溢满感情的琼浆玉液
一杯又一杯地
往嘴里送

矜持和理智
在激情燃烧的酒精面前
经常溃不成军
醉后的探戈
幻化成论道
庄老都略显逊色

朋友啊，如果你不是酒徒
我们怎么相处？幸好
你是酒徒，我也是酒徒

缘

秋的脚步至此
忽然徘徊，踌躇不前
这山，这水，这情缘
咋都这么美好

水是一面巨大的镜子
照着深蓝色的虚空
虚无里深藏着所有的源和缘
阳光一头扎进睡莲的怀里
沉沉睡去

头顶飘忽的云
默默记录下
这山、这水的风流韵事
其实，云储存这档事儿
不是什么新鲜事物
早就历史悠远

我们碰杯，将秋光一饮而尽
往事破门而入
在一片杯盘狼藉中
翩翩起舞
一种名曰“投缘”的舞
舞姿美轮美奂

散步归来

清风，夜色，还有半个月亮
路灯，闲人，坐满楼宇间的广场
一家新开张的店铺门前亮着灯光
一家亮着灯的屋子在装潢

树上隐居着一只蝉
活动筋骨时使劲抖了一下翅膀
声音略显突兀
而且是在这个仲秋的晚上

蝉声掀开了人们的话匣子
南腔北调，边走边聊
三三两两，互诉生活中的牢骚
也捡回一些对生活的品尝

生活是什么
答案像一个万花筒
听到过千万种回答
于我，似乎都有一点儿对不上
每个人的生活确实不一样
散步，归来，一直在想
事实上，生活中也时常在想
拉开窗帘，我发现
月亮侧着脸，也在想

顿　悟

一艘崭新的快艇驶过
以为就此划开了水面
结果，一直没逃出湖的手心
湖，像什么事也没发生
平复如初
依旧如镜

游舟老于世故
枕着湖岸养神
安逸于命运的每一刻
船夫安然等客
渡或不渡
皆是风景

桥横卧于水面
脊梁任人踩踏
人在桥上风光无限
桥也得到了赞美

丹桂馥于水边
舟载满香甜
镜头锁住了相遇
却锁不住馨香四处逃逸

桐叶黄绿相间
把节气的变迁绘成图案

装作不经意地透露
自己半老的年华

鸭流连于倒影
影里有什么？所见
皆是虚幻
等同于竹篮打水

湖光山色很美
深藏的隐喻
读懂了
才窥见真的美

望 山

冬日里的秋韵，看杭州
深藏着一城美丽的神秘

远岚轻吟一曲褪色的朦胧
近山跳起迷彩舞
苍老的脸上洋溢着年轻的笑靥
舞美，古今一韵悠长

浅浅冬意，浓浓秋色
是两季的红尘美颜
是岁月的一往情深
无声亦雅
无花也香

山与湖相守的誓言
从嫩绿到斑斓
往复循环终不厌
无穷禅趣，尽在其间

上苍让这个时令百色包容
万物是否也心意相通

秋的颜色涂满了冬的衣装
却在我的心中开出了花

临湖

你是天上明珠
你是人间西湖
你从历史的长河中走来
以一泓钟灵毓秀为一城代言

天宫皇母顿足叹息
不慎将一颗明珠失落于凡尘
人间百姓无不眉飞色舞
赞美
引以为豪
喻为世上最美的浣纱女

碧水勾留了诗人的情怀
抒一段
“绿杨荫里白沙堤”的缱绻
文豪感叹美于无形
送一句
“淡妆浓抹总相宜”的赞誉

一把油布伞
打开，生出一段情话
与湖烟
袅袅千年

一座桥
为爱情延伸得很长

目送
直至化蝶成双

感恩上苍
让我降生于你的怀里
浪漫的情愫在血液里滋生
奔涌

如果有一天
命运让我再次远行
我将把你装进心里
别人都叫你“湖”
而在我心中
你是一片母亲海

朝 晖

太阳似乎比以前老了
晨起
它的身子
有点不易察觉的弓背

依然像长者般温和地笑着
给城市戴上一顶暖色的帽

慈祥的目光
漫过鳞次栉比的屋顶
穿过建筑之间的空隙
落满
高高的树梢
清冷的柏油马路和宽阔的水面

禽鸟开始晨练
叶子在光影的舞蹈中吐艳
残荷枯焦的眼睛
又闪起激动的泪花

城市在喧嚣中醒来
昨夜
山又调深了一点颜色
梧桐树也厌倦了遮遮掩掩
朝晖中
挺直了裸露的腰杆

一池碧水
蓝得像天
我看见阳光将它淹没
而红枫，继续在水边燃烧

水上禽，水下鱼
都有许多话要说给远方听
将心愿拷贝给云
它是个不错的信使

我沐浴着故乡的朝晖遐想
飘过的云
哪一朵
载着我的嘱托

瞰

我是一只飞翔的鸟
越过数不清的崇山峻岭
掠过许多旷野河流
用四季计时，以万里为程

忽然，我的翅膀变得越来越沉
身下有一片美景
发射出巨大的磁场
翅膀要求停下

我知道，这不关翅膀的问题
是美的诱惑
使导航迷失方向，眼睛也不再远瞰

回眸，盘旋，留下
觅一枝为家

清晨，对着翡翠般碧绿的水面梳妆
在五彩斑斓的画里飞来飞去
向留鸟问声早上好，并一同歌唱

听说
古代有个皇帝说：西溪且留下
西溪留下了，但皇帝走了
现在，我留下了，这里真好

顺其自然

一片落叶渲染不了秋色
却激活了对节气变化的敏感
不远处
是美丽的蓝天白云
再远一点
该是金灿灿的秋天了吧

鲜花还在努力地点缀绿荫
这朵花儿谢了，那朵花儿开了
世间的多彩
有多少是不为取悦自我的呢
毕竟，这也是一种生命的姿态

夏花之绚丽固然妙
但秋之萧瑟
除了可以慰藉内心的清高
何尝不是一种禅境
但，俱是风景
路过而已

何不敞开心怀
追逐烈日去旷野里奔放
乘晚风在市井中徜徉
倾听每一树叶子低沉的挽歌
走近花开花落的悲喜
释然，随遇而安

光与影

太阳露脸时
已从曙色渐变成白炽
林立的楼宇与苍翠的树木间
便衍生出光的影子

云以层叠的手法
演绎洁白与明暗的变化
蔚蓝色的舞台，是它们永远的底色

光与影一直在明示
即使于白日，在天日昭昭下
光明与阴暗仍然同在

今天，不关心那些影子
尽管它们提供了庇荫
只希望阳光穿透深藏的内心
把每一丝阴暗罄尽

树木愈发葱翠
大地经历了无数次折腾后
依然用伤痕累累的身体
哺育万物无怨无悔

幼稚和梦幻，已在岁月中消磨殆尽
失调的瞳孔还在
继续深情地看着这个世界

品味时光

天把脸埋进铁青色的情绪里
东方看不见一丝晨曦
鸟儿列队飞过，方向正西
巡航这座城市

树像站岗的哨兵
履职中，叶纹丝不动
昨夜的白露，洗刷了夏季残存的喧哗

希望有点自然界的声音
打破这种寂静
终于有只小鸟飞来枝头
但它似乎没有勇气领唱

我静坐于窗前
与一撮曼舞的叶子对望
它燥热的舒展，香气弥漫了一室

今天的故事
就这样始于空寂的早晨
像一首优雅的古曲
娴静中享受它美妙的流泻

大地正悄悄演变为深绿
我的枝头又多了些许稀疏
生命其实并不复杂，就是逐渐抖掉身上的叶片

有晴有雨

阳光给万物一个飞吻
云铺开一幅美丽的图画
水面荡起含泪的波澜
递送它碧绿的温馨

大地捧出一道秋的菜肴
山头闪过回光返照的笑影
梧桐悄然展开一场对冗繁的清理
残花慢慢将眉头锁紧

黄山栾给自己加冕
高昂起许多金灿灿的冠缨
冠饰的金花不断掉落
装扮出一条落满丹桂的香径

日头忽然收起吝啬的一缕金
全然不顾人间忙碌着生活的艰辛
云收起画卷，面无表情
雷公咕哝了几声沉闷的声音

雨奉命而至
敲打地面和屋顶
植被洗亮了衣襟
伞成为点缀于雨中的风景
只顾遮住自己
万物自有照应

雨突袭的时候让人不知所措
秋的脾气肆虐夏的心境
历经沧桑又略显疲惫的年纪
熬过这雨
便又是一片朗日秋晴

随风飘逸

雨来来去去地忙个不停
树激情地挥起指挥棒
风拉响深沉低婉的琴弦
共同奏响大自然的弦乐专辑

我既不懂树的语言
也从未听懂风的音乐
但知道叶浪的起起伏伏
是生命浪花的一幅心电图

有风的时候
雨丝总带来许多牵挂
灰暗的天际，云已飘出视野所极

我若是梢头一叶
也会任雨洗涤，再把魂魄交与风吟唱
一切随风飘逸

像一只雨燕迎风翱翔
像一朵云吹向远方
用微凉的雨水写一首诗
好乘风速递

用小诗点亮一盏灯
风不会将它熄灭，因为那盏灯
燃在心里

雷峰塔

（一）

曾是一座残塔
被爱情的传说浸透
破败不堪地颓立在那里
好让风雅之士去弄才情

雷峰夕照，西湖十景之一
听起来富有诗意
但谁会在乎，塔底白娘子痛苦的呻吟

世间一切力量
都敌不过爱情的力量
天意难违，终究坍塌

是爱情战胜了时间
还是时间延续了爱情
反正，镇与被镇都获得了新生

（二）

重建的塔
晨曦中很美
但人们还是争相去拍
夕阳下的塔

映入塔影的水域
也曾是爱情的坟场
这条曲径悠长的双投桥
就是殉情的产物

巧了，梁山伯与祝英台
十八相送的缠绵不舍
也曾在这里上演

俨然，这是爱情圣地
常有拍婚纱照的情侣
在此许诺
最初的爱心

（三）

天色阴沉
塔披上了神秘的薄纱
晨曦躲在云幕后
不经意地透出些微亮

塔在山丘上
桥在水中央
互映互辉
或许还互问
为何人迹稀
寂寞得有点发慌

习惯了被聚焦

忽然没了关注的目光
这个早晨有点寒凉

野鸭拍浮知水寒
桨橹轻轻归棹来
岸上客，高声唤渡船

湖东行

（一）

数九寒天
茶花在凛冽的风中绽放
口罩抵挡了扑面的寒冷
也阻碍了鼻息的通畅

风吹过耳际
听到许多冬天的絮语
但风就是不说，空气里
有无骇人的秘密

江南的冬天
从来冻人不冻水
草木就这么洒脱地自在着

（二）

这美丽的湖水
纵有多少诗情画意
也止不住史迹渐行渐远
哪管诗王还是诗仙

若干年后，谁会记得
今天的尘土、影子与往事
唯这山水风景依然

还会产生更多赞美的诗篇

白公当年最爱湖东行不足
马也带着嚼子吗
那时，路上铺满了白沙

（三）

马，只是动物
但有时比普通人幸运
至少，给白公塑像时
也捎带了它

你看它锃亮的部位
接受过多少爱意的抚慰
它仍可以嘶鸣

在心中有所煎熬的日子里
喜欢凝视这水，试图解读
它无声的灵动，恰到好处的美感

东坡说：未能抛得杭州去
一半勾留是此湖
原来
我的心思早就被先贤洞察

第六辑：一树枇杷几盆花

一树枇杷几盆花
于心里裱成一幅水墨画
再用天然去雕饰的话
草草写说明书几行

紫薇花儿醉了

紫薇花儿醉了
满脸羞涩地笑
树枝弯下腰，献上一盏秋露示好

不是所有的花都要与百花争艳
青涩时，投来的目光
似带着一丝嘲讽的味道

不争，不只是因为性情
试问有几簇花，有幸独对紫微郎
还争什么？已醉得心跳

树下青青草
掩藏着蟋蟀的巢
响亮的鸣叫，直白坦诚
谁愿错过吉辰良宵

月光呢？这几天有点含蓄
在构思一个圆
不着色彩
添加些许相思情调

果实，穿过夏的狂欢
摇曳在秋的窗前
我将一封信函托付给晨鸟
冬天，请别来得太早

墙角的百合花

艳阳耀眼的锋芒
直泻庭阶
邻家门前向阳处，晒满了衣裳

蔷薇从篱笆后探出头来
青竹偶尔沙沙作响
枇杷树在光影的斑驳中
露出点点杏黄

眼睛里有一个彩色的世界
瞳孔镀上一层柔光
一株嫣红的百合花，一堵不高不矮的墙

曾枯槁于阴暗的角落
无人顾及你的憔悴
春风里吐出几芽新绿时
谁会去解读你心中的希望

一株墙旮旯的百合花
无缘加入春的合唱
但所有花的艳丽，都湮没于你的顽强

时间是一个深不可测的谜
会揭晓所有真相
终可捧出绚丽的云霞
慰藉心中的向往

一树枇杷几盆花

淅淅沥沥的雨停了
心随天转晴，前院那株树
吸引我跑了几个来回

一树金灿灿的黄
栉五月的风，沐昨夜的雨
不事张扬地绽放

未曾留意什么时候由青变黄
时下瞥见它成熟的眼光
生命的每一秒都有来有往
又是一年春夏

仙人指从吊盆中垂下，带着对春姑娘的眷念
蕙兰是一个爱撒娇的小姑娘
张开长臂想扑进你的怀

花事，人事，心事
似同，非同，相通
悄然释去与突如其来的
都付与一泓流水深与浅

一树枇杷几盆花
于心里裱成一幅水墨画
再用天然去雕饰的话
草草写说明书几行

竹与墙

一簇丝竹与一面白墙
不知在谁的撮合下
凑到一起
从此不离不弃

竹喜欢墙的清白
欣赏它在清贫里
仍然坚守着
去掉雕饰的简约

风常从旁边路过
竹忍不住亲吻墙头
灰黑的房檐下
蕴藏着古典的气息

墙愉快地享受着竹的抚慰
在与叶的接触中
感受到竹的坚韧
心中便多了一份踏实

我偶然从此经过
忽然有了一种感动
清贫与坚韧相守
风景也有风骨

梧桐树

梧桐树是杭城一道美丽的风景
在街旁
在湖畔
在园林
列队守护、迎来送往
如画的风景里犹如飘响着
一首诗意的轻音乐

春吐清新
将阳光漏在地上
斑驳成
一朵朵温暖的花

夏举青衫
联袂成荫如绿色长廊
蓝海在头上
扬起片片白帆远航

深秋，它把油彩的金黄
涂满浓缩的绿意里
和着风的伴奏
用沙哑的颤音低唱

冬天来了
它们抖掉沧桑
像一组古希腊的人体雕塑

裸露出健硕的肢体
张弛有力的肌肉伤痕累累
那是成长的刻痕
生命的骄傲

小时候
我仰望它们的高大
现在
我赞叹它们的坚韧与顽强

无论冬夏
我都喜欢漫步在梧桐树下
在冬季，我和它们
都无须躲避阳光

圆 圈

习惯在傍晚的暮色里
沿着广场的边缘绕行
像演示生命中的每一个循环
出发，回到原点
再继续，一圈又一圈

园中的小径不也如此吗
纵有黛墙亭阁环抱
纵有花草树木簇拥
蜿蜒的路径
也会引你在悠闲踱步的惬意里
不知不觉地绕回来

一生都循着看不见的圆圈忙碌
每一步印记接续一起
便是一道道印证成长的年轮
刻在脸上
而追寻的许多东西
却好像在这个圆圈之外

当街灯愈明时，暮色愈暗
牵牛花在挥手告别
但它说：明年盛夏再见

菊　展

桂花谢了
还有花儿会争领风骚
人们只需敞开胸怀
为每一个登台的主角捧场

菊花黄得很艳
也有红的、紫的、白的
甚至绿的
在园丁的组织下集体绽放

盛开于路侧的
是列队欢迎的普菊或野菊
它们吸引眼球，适合
同框留影到此一游

名花均植于精美的瓷盆
立于廊下，矜持地保持微笑
面对所有特写镜头

清风、阳光、鸟儿
共舞灵动的画卷
碧潭倒影里，一年四季都有花开

我在水里看到的都是水做的
经不起一粒石子的投掷
漪涟旋即扭曲一切

孤　云

一朵云停在天上
心情似乎有些孤单

天色倒是随和
不像深邃的海

身不在旷野
只好坐井观天

以前总把你当信使
托付给你的话
其实你都未送到

今天，为何要超低空悬停
担心你
会撞上林立的楼顶

朴 树

朴树的手臂很长
下垂到目光可以平视的地方

在路人的眼里
富丽堂皇的楼成了它的背景
而整条街都看到它长袖善舞

石楠不忍寂寞
浓密的叶丛托起许多嫩叶
鲜红的颜色粘着白绒绒的毛
行人却不屑一瞥

唉，可爱的童真啊
去问一问身边的朴树吧
不是谁都懂得
长袖善舞

我想对树说

我曾像你一样唱着青春之歌
在岁月的风中招摇
你涌动的叶浪像极了我的头发
旺盛的枝丫如我的手臂一般强壮
我觉得会一直成长
如你一样高大

有时候，甚至觉得比你潇洒
你的脚埋进土里
根须深扎于地底
稳是稳了
但，一辈子
都在原地守望

你看我
像不像一株行走的树
在山巅
在河谷
在大江南北
去我想去的地方

直到有一天
我遇见了“深秋”
头发开始变枯
像乔木的落叶一样
脚也走累了，想找个地方

像你一样守望

但，一切似乎都晚了
老迈的双脚已无力将根扎下
再无重新蓬勃的希望
当葱郁的季节复来
我只能坐在你的荫下
把过去一遍一遍回想

脉搏跃动的波线
终究会归于平静的直线
我想对树说，来生
愿做一株有根的树
与你相守

树的沉思

大树在为一个名词或词组诠释
密发覆盖下
是扮演沉思的哲人
还是展示《思想者》
粗壮的手臂托起的
是一颗若有所思的头颅

无论亭亭如盖或高耸入云
总是不聒，不炫，沉默是金
欲在沉默中爆发
还是等着在沉默中死去
至今可以读懂的
是在沉默中不断成长

因为有根
所以执拗地不肯离开
因为从不见异思迁
所以终会根深叶茂
虽毕生所见都囿于四近
但并不影响对这个世界的感悟

思考什么呢
是庇荫的空间，还是向上的意义
或与环境共存的关系
其实，什么也不必去想
成长即是生命的含义

日落之前

我独坐一屋中央
三面水泥，一面门窗
离地三十米的高处之上
能听见风的张扬

相比之下
树木的呻吟不过是细语呢喃
风顺手关门的震响
把时间的流音撞碎于墙

暮色尚未降临
弯月已赫然挂于天上
是它自作主张
把照明权延至日落昏黄

一群候鸟的队形有点凌乱
它们俯瞰这里时
犹豫了一刹那
但没有停留
整理队形又继续前行

十一月在这里还属于秋天
植物表情轻描淡写
叶子装作从来没有枯萎过
菊花泛黄登台展演正忙

小草被人工营造出绿茵的梦想
像一幅看起来很美的图画
我想赶在日落之前
找到一处安放灵魂的地方

生命，在时光的怀里缱绻

明朗的晴空里
我相信
那里有一双眼睛在俯瞰
流云神秘地微笑
阳光散发熟悉的味道
水色也豁亮透明

梧桐树排成一道弧线
叶色里藏着哀伤
岁月赠予它离别的痛
也给了它重逢的希望
而树干上，那些裸露的疤痕
却视而不见，佯装

往事已经如烟
我平静地在树下踱步
或，闲坐沉默
似一个冷漠的过客
然天上那双隐秘的眼睛
已将我的内心，洞穿

生命就在这婆娑的叶上
风动影舞
在时光的怀里缱绻
放下一切，不言虚度
心安理得

心中住着一个太阳

太阳笑得很慈祥
人们心里泛起阵阵暖洋
老人聚于背风处拉着家常
雀儿也飞临阳台上

树枝伸了一个懒腰
连日阴雨让它神情沮丧
很想在暖阳下好好睡一觉
风却摇醒了它

云不失时机地脱掉了灰衣裳
露出洁白的纯棉小褂
风自告奋勇，当大气层的清道夫
为阳光清出一片可以直达的清朗

每个人的心中
都住着一个太阳
却常被自己的乌云遮挡
阴郁的时候
黑暗便占据整个心房

心灵的窗
请不要关上
不经历风吹雨打
所有的梦都将被雪藏

叶子晃动时眼里闪着赞许的光
树丛里叽叽喳喳
阳光一言不发
许多说不出来的东西需要用心去想

回　暖

秋季，就这么走了
匆匆不及告别

它很遗憾
因为没有完成对大地的着色

冬天似乎还没准备好
被谁一把推了进来
一片秋景
遗落在郊外

没等季节更替的墙砌牢
就被不甘如此的时令一脚踹倒

轻风，不知所措
于半枯的叶上
冷暖交替
舞起“二人转”

太阳的眼里充满柔情
不由自主地放缓脚步
为大地腾出一点时间
穿上秋衣秋裤

时髦的年轻人
喜欢把黑发染成黄发

叶色并不代表树龄
大地回春时
不管有多少年轮
都一样重新焕发青春

放　下

苍翠的山峦泛着春意
山坳里有一片拥挤而排列整齐的坟地

燕雀于树梢跳跃
躲进叶丛里引吭

春心催布谷
唤醒满山映红

快乐与悲怆交织的天空
鸿鹄锁定了遥远的地平线

沧海一粟，终归浩瀚
小草弯下腰，把背负的露珠放下

说放下的都是放不下的
能放下的都是不得不放下的

往　事

往事最擅长脱离时间的掌控
突然穿越到眼前
送你一份津津乐道的礼物
胜过许多佐酒的菜肴

张牙舞爪的蟹
活蹦乱跳的虾
顷刻之间羞红了脸庞
生命不过是从生到熟的挣扎

怎么看都像一轮红彤彤的夕阳
转眼就是一堆残渣
许多味道
都混合了蘸的调料

人生好像是无数往事的聚合
记不起来的
已被锁进时间的保险箱
只有机缘才能开启它

发生往事的那些年华
我们都在懵懂地成长
没在意会成为今天珍贵的记忆
否则，是否会刻意多留一些念想

今天的每一个交集

也将成为往事
朝阳升起时
谁还记得昨晚的夕阳
但太阳记得
那是它的轨迹

自然之美

阳光很烈
但照亮着生命
收获不会离得很远

夕阳绚烂，美得让人陶醉
但很快就会坠入黑暗

蓝天下，草丛中
忙碌着许多卑微的生命
从生到死
甚至都听不到一点生命的呐喊

银杏开始抱怨自己的青涩
盼望“黄袍加身”的一刻
夕阳最知道珍惜眼前
激情逐渐归于平淡

树，不说话
心情写在花的眼神上
它希望，有一天抖掉枝叶
按照诗人的指点涅槃

天依旧热，但早晚凉了
季节构图的笔墨越来越浓
只要审美视角不乱
生命可以容下许多色彩

朝　雨

朝雨浥轻尘，已深秋
润物细无声，不似秋
雀儿依然飞来飞去
几处愁云
混迹于没有日头的天际
天的肚量依旧

树上的叶
不露声色地昂起头
趁雨洗净尘垢
干净地活，也干净地走
生命可以卑微
灵魂不能随波逐流

秋雨，不擅长演绎冗长的连续剧
天透出一丝亮，以示赞同
中庸是一种智慧
玩翻云覆雨的把戏
秋虫不敢声张
兵蚁向蚁后陈述移巢的请求

须臾，雨丝断断续续
隐隐有一些暗喻，与思绪合谋
穿过身后的幽径
兰花草与木芙蓉相视一笑
佛肚竹身后藏着一片芦竹

一叶飘落

晨光轻轻从叶上走过
葱色于不知不觉中老去
秋开始在大地布防
夏撤离时
竟然不说一声道别
阳光吻在额头
唤起一丝盛夏的记忆

有一片叶子坠落了
这不是一片枯叶
颜色不黄不绿
脸色似乎有些疲倦
飘逸的身姿却很快乐
秋阳为它营造了
光影艺术效果

生命的全部都在重复着一件事
绿了又黄
枯成一声叹息悬于枝头上
不如，提前逃亡
承认是衬托花的命
但不妨碍去做一回飞花的梦

昨晚的霞很美
风不助，无力去追
这一夜

都在憧憬私奔的情景
独自一叶
随缘，随风，随一切
在秋的地盘上游历

桐叶黄了

梧桐树是这个城市的一道风景
街道拓宽前
它们年年都联袂成荫
现在，臂长莫及
仅能用枝头的冗繁和色彩
诠释时令的变化

今天，它的叶子显得憔悴了
一缕土黄爬上叶尖
向掌心晕染
夕阳想点亮它
不料，却照见了
它生命里的凄凉

行人从树下走过
车辆驶过荫下
高楼的幕墙折射着斜阳
湛蓝的天上，一朵云
为人间的熟视无睹惊讶

桂树推迟了花蕾的生长
欲待最佳的时机绽放
隔着口罩来闻香
亵渎了它的清雅
因此，它说不急
还是等着与桐叶共舞一次飒爽

远　方

鹰搏击长空
犀利的目光俯瞰脚下
为什么不瞄向远方
地上有猎物在诱惑它

云到过很远的远方
风又把它吹回原来的地方
对于那个远方而言
这里是远方

山河大地的每一次枯荣
都是灵魂的重铸和归来
水的每一点流动也是在告别
然后，默默流向远方

一生寻觅的那个向往
不知其所终，只在
心里、梦里、宕冥之山里
似在依稀可见里

生命如此之短
远方如此之远
也许今生来世亦不能抵达
但不寻找，生命还有什么意义

第七辑：山峦披上了雾霭

穿过岁月的尘埃
我喜欢与雾霭交谈
它的美感与我的情怀
在同一个世界

断　桥

午后的阳光如瀑般洒落桥面
无雪，晒不出“断”的意境来
望着你平静的睡姿
遐想你不平静的千年

烟雨蒙蒙的那一天
一把油纸伞，还了千年修炼的愿
传说中的一桩美好姻缘

一座桥，见证了爱情的浪漫
痴情与牵挂，离合与悲欢
都被镇入对岸的塔下
在地宫里长眠

桥洞圆得像月亮
月老的笑脸
在水面泛出粼粼的光
苏堤春晓已不远

猛然醒悟
圆圆的桥洞是一个轮回的缘
多少美好邂逅，皆是前世情缘

忽然窥见，水与桥相拥的秘密
爱的故事根本没有冬眠
枯萎的荷也有些垂涎

过白堤

走进长堤的秋色
心中溢满跨越时空的遐想
沥青和石板路底下
躺着一千二百年前的白沙壤

勾留诗人的一湖水
也是勾留我归来的故乡
吹起诗人衣襟的风，拂过我的脸庞

丹桂悄悄把秋风染香，湖已化了浓妆
这充满诗意的时光
却被岁月馈赠了一道寒凉

柳枝瑟瑟，神萎蔫，面泛黄
仍有长袖可舞
荷叶如何掩饰
都遮不住枝干的枯相

榆叶梅扮作春使
咀嚼着枝枯叶尽的伤
用一束桃红，把生命的火焰点亮

枫树喜欢这一季的雨
雨里飘着酒香
待到酩酊时
红于二月花，一脸霜

曲院风荷

曲香飘散在历史的风尘里
涧流舒缓了许多
女侠细听萧斋谢女吟诵着秋赋
泠风从西泠桥上匆匆刮过

看不见岁月的长河
荷韵依然如昨，玉带桥湮于水色
两边赤橙黄绿影影绰绰

白鹭在水面悠闲地走过
似有踩水神功不惊不破
隐于水下的舞台
托起西湖印象美妙的剧作

夜色降临后，周遭被圈进围城紧锁
一张不菲的门票
成全了一个错别字的将错就错

“碧血丹心”石坊一直沉默
武穆一手按剑，一手握拳
移步湖边极目，“还我河山”

人生的所有疑惑
都该随叶子飘落
难道要征求树的意见
树上，挂着鹦鸮的窝

山峦披上了雾霭

山峦披上了雾霭
空舟载着将夜的梦幻
静静泊于暮色渐沉的湖湾
水面看不见一丝波澜

长堤如一条分界线
把天与水隔开
星星点点的荷叶
把另一个时节召唤

心灵里有一种美
宛如水墨晕染
在空旷的宣纸上舒展
再添一抹夕霞的红艳

春色终究渐行渐远
日子又失落于漆黑的长夜
人们总对明天充满期待
忽略了此刻的可爱

穿过岁月的尘埃
我喜欢与雾霭交谈
它的美感与我的情怀
在同一个世界

集贤亭[①]

亭子也会有自己的想法
它走进一片水里
把自己当成一艘泊于埠头的船
只待张开风帆

风来，鼓不动它沉重的帆
却检验了它虚弱的下盘
轰然倒塌的一刻
暴雨掩盖了所有难堪

重新站起来后
不想再成为一艘船
远眺的目光依然
船，怎么能翻越对岸的山

于是
便萌生了新的期盼
希望有一天
长出一双翱翔的翅膀
凭借好风上云天

为此守候
哪怕等上千百年
所有美好的故事
都须经过漫长的流传

晴朗的日子里
天上飘来朵朵美丽的云彩
那一定是天使送来的翅膀
心若飞翔，风光无限

①集贤亭：据《乾道临安志》记载，南宋时，杭州西湖曾建有“集贤亭”，位于涌金门外。据传，亭名源于王羲之《兰亭序》中的“群贤毕至，少长咸集”。亭毁年代无从考察。2002 年，有关部门在西湖一公园湖中筑亭，取名“集贤亭”。2012 年 9 月，集贤亭因受暴风雨影响而倒塌；2013 年重建，新亭外观与原亭基本相同。

钱塘江

（一）

夕阳落进山脊
把余晖留在江上
江水熠熠，在酝酿
溢彩流金的钱塘

暮霭影长
青山黯淡成隐约的画
摄下倩影，想告诉你
我，也在余晖下

此刻，你如安详的老人
收敛所有的轻狂
缓缓流向海洋
无须风，也无须浪

我的生命里
也有一条河在流淌
那是时光的河
翻腾着岁月的浪

河的源头，是开满荷花的池塘
汇聚成河时
看到美丽的晚霞

沿着你的流向徜徉
我的河会流进你的河床
抑或，是你流入我的心里
都似，又不似

（二）

天色暗淡
却不耽误你缓缓东去
没有汹涌的潮头去拍岸
自然界的力量也需要机缘

闻名于世的惊涛骇浪
只吸引了几天的万人围观
大多数日子里
你都这样安静地流，水势平坦

喜欢你现在的不紧不慢
虽然天不蓝，云也不够好看
平静下来的你，气定神闲

听说，你的源头住着神仙
初心纯洁没有被污染
那水，一定很甜

（三）

今夜，星光灿烂落钱塘
市民广场舞霓裳

高楼作帷幕，秀出豪情壮
喷泉奏天籁，舒展水袖长

两岸璀璨照一江
月明还须看故乡
赞你的诗句总在心中藏
思念时却禁不住热泪盈眶

你自古繁华，今更开放
三秋桂子，十里荷香
飘越千年依然让人心弦荡漾

你怀着梦想起航
去与未来接壤
愿故乡，永远风恬月朗

溪水低语

小溪很平常
平常得毫无特色
所以它一直羡慕云
羡慕云的美态和自由
向往云可以将灵魂和衣衫
随时在清澈的湛蓝里洗洗涮涮

它也羡慕别的溪流
有曲折的径流
有跌宕的落差
见过许多美丽的风景
也梦想自己的径流
可以诞生一方耀眼的名胜

一只蓝鹊掠过
羽翅差一点蹭破溪的脸面
水里没有一尾鱼
林中秋虫唧唧
黄鹂奋力振翅高鸣
依然挡不住夜色渐渐降临

溪水便去憧憬即将来临的秋色
仿佛看到五彩斑斓的涧谷
落叶漂了很久
累了，就坠入水底
与泉石安眠溪床

沉浸于各自的梦想

梦里，溪水变成了一片云
然后化成一场雨
在阳光下画出一道彩虹
于千仞之上飞瀑而下
清晨问时光
梦里是真是假

闲看孤云

闲看孤云
云的样子似乎更悠闲
它将目光集中于自己的湖中影
顾盼生姿，眉目传情
湖光山色及所有浮世薄凉
都在水的滤镜下呈艺术化形象

凌霄花攀上墙头
紫薇垂下笑脸
石蒜撑开一把把彩色的伞
两只蝴蝶飞来
不期而遇于同一枝上
像两个季节并行于一条平行线
直到秋风将悬挂的叶子
吹成翻飞的枯叶蝶

万物在宽广的世界里各有追寻
哪怕笑靥里隐藏着几分憔悴
还有几滴残留的泪痕
只要眼里仍存一丝清澈
一切依然是美好的
短暂而值得珍惜

友人馈赠我月饼
方知中秋已近
那片云只是看起来孤独

其实它的身后还有许多云
岁月如同这悠闲的云
用心方能洞悉
不知不觉中
今夜白露凝

多情的秋

北纬 30 度与东经 120 度的交叉点上
秋天似乎特别多情
雨在天地间藕断丝连，晴了
气温柔情地上扬了一下曲线

不用去看山
不用去看水
这顾盼的秋姿
在窗口就与我撞个满怀

扑进怀里的
有桂花的芳香，还有
秋菊黄橙赤紫的万种风情

柚子告别青涩
怯生生地露出一点黄艳
变色并不意味着变节
除非寒冬剥夺它矜持的权利

树，一直叶动根深
见过四季流转
经历过风雨雷电
始终恪守沉默是金的原则

看淡了随风起落的悲欢
放下了百花齐放的惊艳

一个安静的看客
骨子里是一个沉默的思想者

阳光多可爱
照着这些盛开的桂、淡雅的菊
温暖着秋花和硕果
多情，未必不是深情

一轮红日

天，尚在沉睡
晨曦，正在赶路
隐约感觉到它急促的步履
以及
大地苏醒前的喘息

好奇心促使我去楼顶看个究竟
风像一个彻夜不归的醉汉
脚步踉跄，四处乱窜
老天爷躺在天地相连的床上
头枕着朦胧的远山
它睁开布满血丝的双眼
一条猩红的色带
在远方参差的楼影轮廓处
慢慢扩散
渐渐牵出一轮燃烧的红日

黎明之前
并非都是至暗时刻
心情
也是可以燎原的星火

每一个寂静的清晨似乎都没有区别
但一轮红日
从楼群中探出头来
或从海天一色中翻身跃出水面

或从苍茫的山脊上蓦然腾起
怎么看
光景都不一样

我们沐浴的是同一个太阳的光芒
一样的光明
照在身上，或心上
照亮万物

夕阳西下

夕阳西下
美丽的霞色模糊了地平线
大自然把天地的界线
留给人类去分辨

极目而望，似乎看到了天地的尽头
但从那个尽头再望
仍然没有尽头

我所处的地方，也是另一处的远方
雄鹰在蓝天俯瞰
前面是永远飞不到头的天涯

四周的灯火亮了起来
如同交接班，人类与自然交接
光明在延续

我眼中的地平线是平行的
所以看不到天涯
夜风轻轻吹过，我感觉到
它来自我想遥望的远方

夕阳西下
世界没有陷入黑暗
人间璀璨的灯火
在浩瀚的夜空点亮了自己

天高云淡

天高云淡
湛蓝随深浅呈色彩渐变
远山低卧，半隐羞涩
烟霭描画出天地的分界线

轰鸣声划破宁静的蓝天
疑有飞行器疾过
无影，无踪，无痕
留下延时的震颤

水泥的森林在扩张
遮住了视线
升降机上上下下
升上希望，又载下失望

一首《茅屋为秋风所破歌》
洞穿时空，余音缭绕至今
填了新词，改作评弹

阳光飘进阳台，我与一群楼宇对望
它们不会说话
徒有器宇轩昂的伟岸

虫儿请别这么快失声
哪怕是偶尔鼓翼，尽管是微弱的声音
支离破碎，俱是生命的原唱

苍穹下

天蓝得像一片海
远山如黛，近水含烟
游舟轻纵棹，画舫缓归岸
风景里唯独少了云彩

云并未缺席，借天色作了装扮
因为隐身，凡胎肉眼看不见
很多自然表象后面
会突然展现惊奇的梦幻

地球背过身去，黑夜趁机撒欢
那些不好不正不宜不雅不堪
尽可借黑暗上演

当地球转过身来，又恢复一片灿烂
苍穹里住着名为“天”的尊仙
世间一切都逃不过他的法眼

风抚过

昨夜冷雨打芭蕉
音犹绕
今晨桂香盈盈来问早
眼瞅着一片黄叶轻轻地落下
但这不重要

明暗层叠的云像定格的波涛
它们的涌现
是否源自一次遥远的海啸
极力把气氛和景深营造

留鸟悠闲地在湖中嬉戏
海鸥飞过云霄，惊叹道
三面青山，一池水好

远山一直没有走远
西湖是双峰东边的一颗玛瑙
世事沧桑，时代变迁
唯这泓水千年不老

心中的浣纱女，永远妩媚年少
风抚过，脸上又浮起浅浅地笑

我把目光投向更辽阔的天空
鸟儿在骄傲地翱翔

咋　了

天咋了
从什么时候开始
季节也不讲规矩了
夏天的尾巴留到深秋
风儿像春天一样柔
任性，就可以没有边界吗

人咋了
明明不喜欢萧瑟
却又抱怨夏的延期驻留
难道，非要瞅见黄叶纷落
心才踏实吗

世界咋了
一个满目疮痍的球
却在为哪一块伤疤好看
争得面红耳赤，高明的谎言不见真相
愚蠢的谎言露出慌张

我咋了
看着天上的云
把似是而非的句子当诗
世界充斥着不透明的诱惑
阳光穿过云层
把一句箴言，放在我的桌面

雨　过

晌午下了一点小雨
像老天爷的喷嚏
地皮还没湿
阳光即刻将其回收

云诡异地变了一下脸
欲言又止
虫儿并不在意四周的氛围
抓紧啮噬它剩余的时光

此刻，叶子都是哲学家
沉思，凝望，不时交流一下目光
为一本自然备忘录的细节表述
苦苦思索

雨已经过去了
就不要去追问为什么
既然飘落是归宿
管它是哪一天呢

辽 阔

以前赞美你的时候
以为你不够辽阔
每当目光越过你——
世界上最美丽的湖面时
对岸横亘的山及山上的塔
挡住了视线

你有动人的妩媚
“风乍起，吹皱一池春水”
把荡漾的涟漪，倒悬于苍穹
化作卷积云
去俯瞰地平线以外的地方

海的儿子
胸怀源于大海
所以，云走遍世界的角落
那环绕的山通向历史文脉的深处
无论广度和深度
你都足够辽阔

当我从远方归来
才读懂了你
温柔表象下的浩瀚无垠
我的眼光比以前辽阔了
那横亘的山脉
不过是大地的一道垄

歌　唱

缥缈的光影错落有致地漫过树林
失去绿荫的枝间
鸟儿雀跃，不再羞羞答答
在晨光下尽情鸣唱
惹得一湖碧水，露出光可鉴人的笑脸
春心不由得荡漾

羊儿悠悠于蓝色的牧场
像朵朵浮于海面的雪花
把一片洁白的心情
写于晴朗的天上

生命最华美的乐章
就是与阳光和自然热情地对话
随意言说几句
或在心里默默歌唱

万物都会衰朽
人生也很匆忙
然而，我爱上了这个明媚的早晨
不再感慨生命的短暂

鸟儿忘情的歌声里
有它的欢乐
也有我的心情

湖畔凝望

一叶轻舟缓缓划出心头
水雾蒙蒙萦绕着说不尽的柔情
一段泛黄的旧时光
轻轻吹响一支悠扬的远笛

目送舟远去
于湖心渐渐没入烟笼
会与哪一句诗邂逅
营造出这般梦的意象

三九的风，不弄寒意，徐徐
荷已遍体鳞伤，惶惶
都有年少，此水彼岸
哪一个不曾被青春浸润得鲜亮

老樟树弯下腰，笑笑
讲了一个千年传唱的风花雪月
留不住，犹可恋，只怕乱了心弦
槁木吐春芽，皆是风华

天，似晴又阴
雨，欲言又止
我在等今冬的第一片雪花
何时飘进心头融化

一群鸳鸯翩翩而来

湖面亮起一片异彩的霞
它们不理会惊鸿一瞥
只知道相伴，相守

世间一切繁华
都不及相守平安
凝望，浮想，不知不觉
那船，划进了心的湖上

错 觉

故乡的美
是储存于记忆中
不可复制的画
而今领略
时常若有所失
被剪切掉的恰是
那份粘贴不上去的
归属感

风，捧起冬天
直接泼于脸上
心仍在秋色里徜徉
樟树亭亭如盖，一脸慈祥
静如一尊打坐的佛
仿佛不曾看见
四季
已从身边走过

雀儿飞进风景里
为自己唱歌
虽没唱出动听的歌来
其美妙在于
供养生命的快乐

内心的繁花似锦
是流经枯色的一缕春意

孤独的人总有许多错觉
天霍然一亮
以为就此明媚
却转瞬即暗，飘下几粒
不易察觉的雪
融化于脸时
一丝
冬的味道

第八辑：自作多情

星球与星球的对视
其实是宇宙中的眉目传情
人类的抒情
算不算自作多情

孤　独

日头没有来
天空一片杳渺的荒芜
云，就是一群怯懦且易惊恐的羊
此刻
已逃进昏暗的天幕后
躲在伸手不见五指的森林中喘息

风飕飕地吹过，很细
细到如无数看不见的针
我也逃离
隔着落地窗的玻璃
看不见也感受不到刺骨的锋芒
我明白了云消失的秘密

无家可归的云哟
那片森林不是你的故乡
我知道你的孤独
毕竟，没有多少人可以抵御昏暗
夕阳不也经常看破红尘
接受了黑暗

月桂敢于挑战萧瑟
在一片枯枝中昂起头来
浅黄的香蕊
是昏暗中的玥灯
将寒意从荒芜中驱除

梅花不再孤独

我在叶子窸窸窣窣的抖动里
朗读用心写下的诗句
希望声音的磁性可以穿透天幕
为羊群缓解一丝惊恐
更希望与风中弥漫的桂香混合
凝成一簇生命的花朵

茶

陆羽写《茶经》之前
茶是茂盛的树
于古风乐府的韵律中
风摇春浪软

当一堆叶子
被冠以美丽的名字
它的文化，诞生了翘起兰花指的禅

茶道越来越讲究
叶子创造了艺术的高峰
一壶茶水春色暖
细品山林溪谷的悠闲

茶树越长越低矮
列队，是遵循人类的价值观
从树上排列到田间

这些被钟灵毓秀孕育的
绿色精灵，最终都将在杯中
舞尽生命

啜饮甘美的一口后
茶树被剃成清一色的平头
风过，看着周边的树
嬉笑着晃动如盖的冠

清晨·童年

路灯在渐明的天色中眯起眼
瞥了一眼半睡半醒的半轮残月
起得过早的鸟儿
怯生生地亮了亮嗓

云紧锁的眉头舒展开来
缓缓牵出一抹霞色
太阳揉揉眼
探出半个脑袋

所有的鸟儿
亢奋地啼鸣
路灯悄悄熄灭了
清醒知趣

与童年相遇的时候
心里总有一丝忧伤
没有值得炫耀的年纪
何不欣赏一下苏醒的大地

每一个清晨
都是一个童年
阳光问了一声“早上好！”
惊醒了很多沉睡的故事

杧 果

阳光西斜窗格亮
我收到远方寄来的
一个快递箱
里面装满了时光的念想
熟悉的脸庞，葳蕤自生光

浓郁的味道
不在枝上在心上
齿颊顿时生香
曾经有株树
结满了青涩的向往
没有等到金黄

效仿候鸟飞翔
各有草长莺飞的歇息场
何日飞回那条江
在酒杯里游一回酣畅
想想也醉了
思念正长出一片原野的花

生活是万花筒里的变化
所有的回忆及牵挂
组合成五颜六色的幻象
但一箱金灿灿的果实
却是一场流光溢彩的分享
过去，现在，都融于这水果之王

自作多情

天上闪烁的星河里
我看到许多明亮的眼睛
每眨一下
都是销魂的柔情

人间四野的灯火
也胜似星河
但寻不见一双
如星星那般明亮的眼睛

星球与星球的对视
其实是宇宙中的眉目传情
人类的抒情
算不算自作多情

现在，无论哪双眼睛
投来温柔的目光
我都会收起惊鸿一瞥的错觉
悄然消失于流影

那些年

那些年
一条破旧得与名字一样古老的长街
蜷缩在桐叶互抱的树荫下
8 路公交车的轮子
天天碾过它瘦弱的躯干
引起阵阵痉挛

那些年
生命是一条开满鲜花的路
春光明媚
即便是风雨雷电
路的那头，依旧是乐园

那些年
如一阵风吹过
那些清澈澄明
淡淡地消失在流年里
头顶上，已大雪纷飞

那些年
是弯腰拾起的一片枯叶
没有花瓣的余香
那条开满鲜花的路
隐约在记忆里
恍如幻觉

路

上山的路
有数不尽的石阶
连着一个又一个转弯
没有尽头
累，但有盼头

下山的路
知道尽头所在
每一步都是下坡路
越走越觉得没劲头

路，即使无数人走过
你没走过，就是一条新路
走对了，远即捷径
累，也是坦途

我心里也有一条路
没有可循的足迹
只有依稀可辨的方向
一生都在寻找

心路是最难走的路
如同在没膝的雪原上跋涉
留下两条深深的沟壑
像行走着的人生

我喜欢走山路
向上的感觉像在雪中跋涉
只希望
下山时
身后的山脊有火红的晚霞

门对我说

我粗暴地摔了一下门
引发了门的抗议
说出了许多我平时熟视无睹的
秘密

门说，我们的祖先发明了它
把自己与外界隔开
于是，这个世界多了一个
不同于动物的人类世界

从有了门开始
人类慢慢成为世界的主宰
衍生出家庭、社群
以及形形色色的社会

门说，它也为人类划分了门第
宫门、豪门、衙门、书香门
佛门、寒门、柴门、牢狱门
不同的人归属不同的门

门还告诉我
它又推出一个新的方式
为每个独立的人
分出一个专属的私密空间

当门虚掩或没关严时

你往里或往外看
看偏、看扁、看错、看走眼
门说，它概不负责

门对动物可没那么温情
无论飞禽走兽
给它安一扇门
它就沦为家畜或宠物

门对人类的关照无微不至
毫无知觉下
也在每个人的心里装了一道门
人与人，变得复杂起来

快递来了

敲门声轻轻地响
回音穿过历史的长廊

口罩之上，一丝阳光的微笑
头盔马甲，标配的套装

如果他不递上包裹
我以为穿越了时光

他转身像一阵风
离去像被风吹走的云

有快递的时代什么都快
我觉得自己变得很慢

既跟不上风
也追不上云

如果没有风也没有云
我会变快，还是更慢

风在树梢笑出了声
我抬头，没看见云

时　间

时间是个捉摸不透的东西
我觉得它没有一点善念
遭受煎熬的时候
它偏要你度日如年
而你幸福的时候
它的嫉妒心就泛滥起来
一转眼工夫
就驱走了你的幸福时光

它总是沉默地注视着你
表面上平静
背地里却在流逝
最终
不声不响地将你抛弃

都说时间就像海绵里的水
可我挤出来的都是悔
还有一些人
挤出了心酸的泪

有时候
时间是“狡猾的”
每个人的某一刻都是相同的时间
似乎很公平，但境遇
决定了时间的质量和长短

我居住的地方有一条大江
流了多长时间是人类推算出来的
江并不知道或压根儿就不想知道
所以，一直流淌得很安详

叩 问

岁月是最伟大的魔术师
不知不觉地改变了自己
微笑挂在脸上
叩问与辩解在心里打架

浩渺的水与朦胧的山
我的过去就隐匿在某个地方
枯荷如同遗留在生活里的油画
点点斑驳来不及装进行囊

船桨荡开的水纹
泛起、扩展，又恢复原状
像冒出的许多逆思
一闪后又归于稀松平常的生活

倒影在水中如参禅般冥想
我用半生时间
去寻找精神的故乡
但总隔着一道玻璃墙

卸了妆的梧桐指向苍穹
叩问为何如此悲凉
每一个看似寻常的生命迹象
背后都有
翻江倒海的愁肠

我的血脉里
一定有这水的灵性，山的洒脱
但，不敢玷污你的圣洁
只好默默地站在你的面前

路　见

石砌路的萧瑟惆怅
再现一段忧郁的时光影像
阳光漫过来，不再有树叶遮挡

回头看见自己的影子
细长而又虚幻
太阳在修正，春天已不会很远

微弱的暖阳虽不足御寒
但一切还是令人释怀
不仅因有些许温暖
更有光明透进心田

小鸟下地雀跃
叽叽喳喳，音色婉转
听不懂，但不排除
鸟语里也藏着经典

是什么惊扰了它们
又飞回寒凉的枝头栖息
碧绿的地毯上
飘来一袭春天的红艳

元月该有许多祈福和颂赞
而今却忧卷土重来之病患
埋葬它的意愿，不亚于对春的期盼

感 悟

白日西沉
我在窗前凝望
太阳从远处的屋脊落下
留下一片霞光

不去想任何事情
偏偏又冒出许多过往
时光是一个沙漏
还是会留下许多岁月的尘埃

流走的，就把它遗忘
流不走的，慢慢想
不必用貌似无尘的心念
强煨无味的鸡汤

不是每一刻，都会有清醒的灵魂
不是每一天，都会有想要的日出日落

困惑，因生活复杂
想开，则人生寻常
心也简单，思也简单
何必去寻找什么释然

夜幕渐渐降临，我把窗帘拉上
没有黑暗，有明亮的灯光

空 街

夜雨匆匆洗濯了街市
悬叶被雨灌得烂醉
又被风莽撞地碰坠
在黝黑的柏油路面，以及
清冷的人行道上
缀满了
星星点点的碎叶

晨街空旷如野
落叶假寐
街道似睡
周围一片安静
心也空落落地一片灰

信号灯忽闪了几下碧绿的眼睛
即刻泛黄，继而
赤眼如锐

孤独是一朵莲花
空寂是它生长的一洼水
一个人走过空寂
彳亍的身影与飞叶相随
直到清洁员用长长的竹扫帚
划破落叶的嘴
惊恐的声音
将空街的沉静打碎

雕　刻

阳光从寒冷的指缝中
倾泻而下
在水面、屋顶、玻璃
以及一切可以折射的地方
闪烁着冰冷的光
黯淡的天色复又点亮

只有冬季寒风凛凛
无所畏惧地一往无前
为来春清理污秽，顺势
睥睨，芸芸众生相
尽览无余

柔情，是千古的伤心种子
冬季深谙其理，于是
毫不吝啬其刺骨的刀锋
雕刻春花
新的一年的成长
便在心里发芽

生日快乐

蛋糕上闪烁着星火
朋友们举杯祝福
生日快乐！是的，我很快乐
却抑制不住
蛰伏于心底的痛
涌上心头

出生时的啼哭
会烙在记忆中吗
否则，为何这声音兜兜转转
似乎从未远去
一定有难以自悟的寓意

幸福地降临人间的想法
可能很浅薄，甚至有一点讽刺
高兴，怎么会哭着而来
走时，也肯定要哭着离去
不过，那只是一种在心底的啜泣

有时，快乐很简单
一饮而尽
受听的话儿飘进耳膜
心便快活地燃烧
身子轻飘飘

我真的很快乐

就在被祝福的那一刻
但多数时候
快乐一睁开眼
是人间丑陋

空中扬起几粒灰尘
人们小心地把脸埋进衣领
决明在冷漠的风中盛开鲜黄的花
我忽然觉得，任何时候
世界都有你不曾发现的美好

无　题

我总是起得很晚
一日之计在于晨的格言
在赖床的过程中被搁置起来
一碗养生的鸡汤
适时端出来，自我愚弄一下

阳光如瀑直泻窗前，于桌上铺开一张问卷
必填与选填俱全，怎么填随你所愿
即便交白卷也不必在意
反正也不会装进个人档案

附近拆卸脚手架的声音打破寂寞
金属无节奏地碰撞
似不按乐谱进行的打击乐
声音传得很远，在小区里随意回荡
很受听，是无修饰的自然音

我的视线是一个攀越高手
从这幢楼到那幢楼
从楼顶到楼下，又到远处
悄无声息又敏捷迅速
但与太阳射线相对的瞬间
便一下跌入黑暗

蓦然，想起问卷
还是随意填写几项吧

记 忆

那些年，已经很遥远
在这深秋时节
想起春风里的萌芽
从生命的骨髓里探出头来
向世界好奇地张望，心里充满幻想

那些年，又很近
鸟鸣依旧悦耳
银杏黄了又绿，绿了又黄
阳光仍在叶上漫游
高树在向远处望
越过年年岁岁的过往

那些天，就在身后不远处流连
乡音老成一把雪霜，洒落在桂花树下
不知不觉搅动了秋的忧伤
太阳径自逃离
扔下一缕没入山脊的余霞

那些年，那些天
很远又很近，很近又很远
在记忆中你推我搡
一堆白发的记忆如果写进历史
会有几分肃然
述于市井，却可佐酒几觞

寻　找

岁月的秋
是在寻找一年的果
人生的秋
是要寻找一条回归的路

生命的旅程不在于近或远
而是在于能否看到
秋虫看到了重生
所以安然入眠

候鸟看到了来年
所以不畏迁徙
草木看到了春天
所以抖掉陈旧的过去

万物都在寻找更好的自己
所以有四季轮回
有阴晴圆缺
有盛衰荣枯

希望在人生的秋季
依然有一束阳光
温暖被岁月麻木了的灵魂
在一片净土里吐一簇嫩芽

人生苦短

无暇附庸风雅
寻找的路很长
踪影虚幻飘忽
该歇的时候就歇歇脚
去闻一闻秋菊丹桂的清香

根

（一）

树有根，在地下或岩石的缝隙里
只要有养分，就会扎下根须
有些树更喜欢将根植于深涧浅溪
尽享母亲的乳汁

花草也有根，哪怕浮萍荼蘼
人类有幸欣赏各色养眼的绿
还能感受缤纷的花儿传来的甜蜜
皆因根一直把大地当作母亲的身躯

无论贫瘠，还是肥沃
对脚下这块土地始终不离不弃
故，不一样的根都有同样的盎然生机

根的品质贵在坚持
任尔东西南北风，坚定不移
地球因为有根的坚守而变得美丽

（二）

云也有根，在多维空间里
人类看不见，以为它是飘逸的影子
落雨时，有人接于器皿

称其为天上的无根之水倍加珍惜

云的根像一个莫测的谜
化雨落在地上，大地就是云的根基
汇成溪流江湖，那水就是云的旅客
流进大海，云就回到了它的根据地

云的根也在天上，与风是同根同系的亲戚
只是多数时候的相处不够和气
它们的脾气就像未知的宇宙一样神秘

云缺乏自信，充满了彷徨和犹豫
所以变化常在朝夕甚至瞬息
穷尽一生都在为自己寻找最好的根系

（三）

人的根在故乡
听起来故土难离
可还有多少人的根没有迁移
对时代的变化不必吹毛求疵
树挪死，人挪活
谁都明白这个理

故乡的根只是美好的寓意
真想回还不一定回得去
心想着，嘴常念叨
说明没有忘记
把根留住，主要是留在心底

故乡的根还有更深的含义
余光中说：乡愁是一湾浅浅的海峡
对根的解读超越所有诗意

第二故乡是知青生活过的土地
曾经想要扎根却最终舍弃
变成刻骨铭心的回忆

第九辑：晨光点亮窗帘

我还是很喜欢在阳光下
和童年、少年、青年
聊一聊那些
有趣的往事

启 悟

慈悲的太阳望一望大地
万物感受到它炽热的目光
苍穹脱掉了蓝大氅，云在还乡的路上

柳枝垂下柔软的腰，承受炙手可热的熨烫
我与太阳交换眼色
瞳孔瞬间缩进眼窝去躲藏

阳光的画布上
堆满了燃烧出的五颜六色
涅槃或重生的夺目
于一切可视的角度里成像

黑暗中的回嗔作喜
光明下的自我解嘲
人生最大的尴尬，是陷入错位的认知

世界变得越来越复杂
希望自己能够越来越简单
有多少自然之美
可以装进狭窄的心灵之窗

启悟如同隐约的断章
写不成完整的诗行
却能使心中一豆灯火的影
时时跃然纸上

我醒了，但不想起来

窗帘挡不住晨曦的穿透力
我醒了，但不想起来
太阳晒不到我
床离窗户很远

手机里正在展示表情包大全
千变万化的图案
精心制作的动态
重复着一个主题：早安

睡眼蒙眬的脸
一定不招人待见
头发翘起来
像杂草丛生的荒野

小时候，我很乖
很早就起来，早饭前
趴在古董一样的桌子上临帖
奶奶的戒尺至今还记得

那时奶奶管教很严
如今回忆起来
心里都是暖融融的爱
奶奶慈祥的样子很好看

现在，我也有了孙辈

我叛逆地没有接续奶奶的传统
只用爱心将他们浇灌
他们与我有不一样的童年

我赖在被窝里取暖
好像能把一生的疲倦都化解
但脑细胞已呈激活状态
思绪如无数碎片飞来

拉开窗帘，阳光刺眼
梢头的最后一片叶子悄然飘落
挺过了风，没有挺过灼热的光
我听到它掉落时的哀怨

晨光点亮窗帘

火一样的温暖点亮窗帘
我赖在床上没有起来
月儿还在地球的另一半熟睡

室外阳光如瀑，天如玻璃般透明
光谱是颜色和心情的混合
窗前与阳光对坐
怀旧与现实碰杯

阳光是大自然最具魅力的化妆师
粉饰一切，光明呈于眼前

度过漫长而并不轻松的一年
经历与领悟，孕育新的生活
生命之河如清溪般明澈

两个故乡一起走进这一刻
没有哪一个可以忘却
岁月，无法回到过去
生活，也不可能真正重来
唯一可行的，是与一切握手言和

我还是很喜欢在阳光下
和童年、少年、青年
聊一聊那些
有趣的往事

梦醒时分

夜半醒，不为心事
是有人偷走了我的梦
朦胧意，难相续
依稀旧事，时隐时现在丑时

夜幕下，并非皆黑暗
即便天上星月都隐匿
人间也不缺灯火
况，更有心灯长明

好梦大都在夜里
黑暗也有黑暗的妙处
白日谁做梦

夜是梦的温床
忘却的记忆，枯竭的灵感
常于此刻出来徘徊

夜

黑夜，掳走了我
一直无法摆脱的影子
感到前所未有的轻松

始终以为
黑夜只代表黑暗
有时却也意味着，可以卸下行囊歇息

无论是紧咬牙关的灵魂
还是被什么事物牵缠的心
漫漫长夜里
都会自觉或不自觉地放下

白天是喧哗的，夜晚是沉静的
沉静得没有一颗眨眼的星星
只有一双黝黑而好奇的眼睛

我凝望着它，它也凝望着我
古今中外，曾发生并且还会发生
无数这样的凝望

黑夜是一片深邃的海
很多愿景都在雪白的浪花里
我做梦的时候
希望能晚一点醒来

雨　夜

雨夜，从梦里笑醒
外面，雨在轻轻地洗涤
路灯照着街树疲惫的身影
地面闪烁着清澈的光亮
细雨如丝
轻盈无声

梦境，仿佛也被雨洗净
恍惚，记不起笑因
若有所思
再也回不去梦里
但，上苍是公平的
送我一份时间的礼物

梦醒是一种遗憾
彩色的天空如云烟消失
一支狂想曲的覆没
隐藏起
生命原野的神秘
如一句偈语

如果，能与梦里的我
一起喝喝茶，聊聊天，并记住
那该多好，可惜
记忆凋残
就把它放置在

遗忘的黑洞里吧

于灯下读一本古老的书
人间百态，悲欢离合
人生与梦，如此相似
再也回不到那些梦，那些年
雨过，明月依旧
岁月，每天都在向你挥手

失　眠

春夜是一床巨大的锦被
我在被里辗转反侧
鸟儿归巢了
月亮睡着了
星星隐匿了
阒寂，是混沌睡意的清醒剂

思绪的囚笼开了
一只向往的鸟
在黢黑的夜空中
振翮高飞
夜色吞没了翎影
但折不断它的羽翼

夜是通往黎明的路
自由的鸟去寻找绚烂的天空
当我枕着灵魂安然入睡
夜失眠了

半夜醒来

我醒了，夜还很长
黑暗在外面安静地守候
远处几点灯火
在张望拂晓的影子

我掀开窗帘一角
睁大眼睛也未必能看穿黑暗
最好是不看，也不想
它一定是熟悉的
以往每个白天都看过

不知将迎来一个什么样的天气
是阳光明媚，还是灰蒙蒙的苍穹
最近天公的性格有些古怪
一副莫测而狡狯的相貌

在阳光下行走的肉身
不一定都装着灵魂
失去酣睡的夜晚
也可安放一个人的心灵

天色渐白，梦寐又来造访
阴晴冷暖，自有老天爷执掌
我有一桌一榻，闲书几本
便是惬意的生活

梦，想不起来

早晨一个回笼觉
把昨夜梦里的
许多美好
都遗落在黎明的拐角

梦中划亮一根火柴
瞬间被风吹灭
一丝轻烟
逃之夭夭

窗外飘忽的雨
嬉皮笑脸地嘲笑
这无关紧要
我也假装自嘲地笑笑

灰蒙蒙的天色向室内窥探
心情也被蒙上一抹灰色
灵感就这么无聊
一闪，躲起来再也找不到

极力想找回的
不过是扔进纸篓的一页废稿
一句被忽略的文字
突然跳进大脑

还是把翅膀装进玻璃瓶里

小心翼翼地看着
风中瑟瑟发抖的树梢

那是一株长寿树
树是长寿的，但树叶
生命那么渺小

梦里与鸟儿说话

我在梦里与鸟儿说话
鸟儿很忙
没有时间为我歌唱
我记不起在梦里与鸟儿说过啥
我们相遇于一片自由的绿荫下

鸟儿的羽毛很漂亮
它们自由飞翔
去林间聚会，去湖边戏水
也为果腹四处觅食

唯一可以限制它们的
是人类的网或其他什么工具
囚于美丽的雕笼
挂在风景里的枝头旁
敛翅高歌
没有哀鸣，仅为取悦

麻雀唱不出悦耳的歌声
没有资格享受优渥的笼养
终日不离枝头草木
还要提防四处暗藏的杀机
幸福指数却最高，你听
它叫得最欢

静　夜

无月的夜是没有生命的海
思念的船驶不出港湾
夜风中有多少尘埃
掉落在黑沉沉的地界

人生不过是一个缥缈的梦幻
生命只是实体承载
黄道婆的织机
也织出许多人间的忧烦

窗前栏
曾被月光浸染
一片落叶的遗言
叹息的声音听出些许凌乱

想起月圆的时候
清冷，也是一种美满
静，是可以养心的舒缓
静夜则是辗转的难眠

星　星

闪烁的星河里
有你明亮的眼睛
每眨一下
都是你眼里的柔情

这四野的人间灯火
除了亮，还有微风
想邀你同行
遁失于月光的流影

你许久不眨一下眼
目不交睫，脉脉含情
还是不想颠沛流离
变成一粒微尘随风飘逸

你明亮的双眼
不经意的眼神
对我却是惊鸿一瞥
从此，不再是孤独的心境

望　月

（一）

夜色清空苍穹，遮尽星星
月亮却姗姗来迟还脸色灰青
冷看船火灯影闪银烁金
残荷盈余香，宿鸟几声鸣

丹桂暗中送香馨
天上水中情趣相映
望月人潮也是景
诗兴忽发一泻如倾

休叹月色不够流银
殊不知，明晚的月亮
总比今夜玉洁冰清

归庐，一块月饼寄深情
再斟一杯茶啜饮
那轮月，已经在心

（二）

当空悬玉镜，照亮花容颜
花儿羞红了脸，似醉
花儿说，今夜嫦娥姐姐真美
羡你一轮圆润映万川

嫦娥说，玉蟾清冷
广寒宫里不胜寒
浅饮一盏桂花酒，微醺
怎比人间尽情推杯换盏
更有肥蟹活虾诸多酒肴全

花儿笑道：你受人仰望入梦幻
谁能享受这般浪漫情怀

老夫听完眉舒展
幸福之义各有各理解
此刻最美的，是吃点啥解馋

（三）

暮色渐浓独徘徊
中秋已近月色衰
想是玉兔偷懒，嫦娥聊赖
无风片叶自飘来

水中倒影画静籁
旷谧思亲远
秋凉生惆哀
幸好庆丰年
佳音传
句句涤愁怀

乡愁也是一种情怀

临佳节，难抑心澎湃
人闲无趣易狭隘

时序又一秋
多少莳萝败
昨与挚友聊平安
一再叮嘱
舜日尧年
但愿人安泰

夜　风

傍晚的卷积云
写满了夜风的颜色
等天幕落下
风便轻轻吹来

风可以借着夜色
隐去所有色彩
但划过耳际时，还是听到了
它细微却又坚定的步伐

冷冰冰的手，一次次抚过额头
雪丝凌乱，时不时地
有一丝寒意钻进心口

月光躲了起来
躲进一个缺氧的黑洞
靠微微的夜风输氧，维持着一丝呼吸

叶影飘动的样子似轻纱
是它摇曳起了风，还是风拂动了它
每一片落叶都知道答案

风和炎凉再次联手
要洗劫一批颓败的叶
我必须在夜风及黑暗里
放弃一些期许

老榆树

你为遮阴累弯了腰
我发自内心上前问声好
老榆树友好地朝我点头微笑
结果，几片树叶被抖落

苔藓覆盖了树皮的苍老
仍年复一年守卫着这座桥
过往行人几人能明了
叶儿悄悄地谢，又无畏地繁茂

弓腰驼背只是你朴素的外表
默默守望，从不指望被人知晓
干净的灵魂无须炫耀

白云飘过，向你会心一笑
蓝天不语，但对你的赞许
已从湛蓝的表情里读到

小路晨悟

这条小路，就像生命之河的两岸
一边溪水长，一边竹影纤
走过十余秋才若有所悟似参禅
一路景遇，都在讲述生命

流年岁月如浅笑嫣然
不及细看
雁来云去又一年
四季都有绿肥红瘦明媚笑脸
可我总望着蓝天心不在焉

想看时，溪水混浊无力
叶子被秋露弄得泪眼含羞
鸟无语，寂静得让人心神不安

每个生命都会尘埃落定
路不会为谁哀挽，它知道内涵
一切都只是换了一种方式而存在

城市落叶

任脚踩车碾，默默地躺在地上
扫帚划过你的脸，你疼得沙沙作响
只因树把根扎在了水泥或柏油路旁
于是，命运注定你必须流浪

不知会去向何方
风儿来为你送行，轻轻把挽歌低唱
你淡定地随风清扬，貌似坚强
为生养你的树再曼舞一场

明了你要归根的愿望
可世界须符合人类的设想
你不是垃圾，这里也无处埋葬

生命并非都败于看不见的时光
有些东西会随心泉流淌
你被清场，却留给我无限遐想

黎　明

（一）

天未明
鸟儿就在树上群聊
叽叽喳喳，好生热闹
它们不会使用表情符号
以音频高低来表达欢快的情绪

梦就此打住，睡意顿消
开窗，欲窥群聊盛况
却无意中触发了鸟儿的静默机制
鸟儿不解人意，群聊戛然而止

树冠低着头睡眼惺忪
银杏叶用露水润润嗓子
悄悄说：鸟儿不欢迎人类打扰

鸟儿有鸟儿的快乐
能感觉到就已足够
倾听，即是最好的分享

（二）

天欲晓
路灯渐暗
市井朦胧静安

首班公交驶过
车轮碾醒沉睡的街道

匆忙的脚步
有序地落满城市的角落
迎接黎明的人
并不在意黎明的模样

一个揭晓的时刻
扯掉黑暗幕布的
都是些为生计奔忙的人

不奢望日新
但求平安顺达
城市的交响乐开始奏响

（三）

走过的岁月里
有数不清的光明
我把它作为最好的礼物
献给心灵
也明亮了眼睛

人生的经历里
也有数不清的黑暗时刻
我把它当作修行
等待光明来临

自然界的黑暗
是为衬托光明而存在
太阳升起
万物便一起苏醒

走在街上
树篱里的花儿张开了笑靥
它们也迎来了光明

交　接

（一）

立冬已过，寒冬离得还远
暖融融的阳光像琥珀一样让人舒坦
草木微妙地变换着颜色
荷池里增添了许多金金灿灿

秋与冬的交接充满了仪式感
时令变迁的步履不紧不慢
于是，本只属于秋的五彩斑斓
一直延续至冬季过半

生活里有许多隐藏的诗篇
谁能读懂就可随意翻看
好风景请别错过后再感叹

现在事当下心尽可随缘
你看，秋并非都层林尽染
冬亦给了你我醉心的容颜

（二）

我的年龄也处在交接时段
生命将进入下一个十年
还是学一学大自然
把生活的节奏调慢

不再关注别人的得失成败
不再难为自己去努力地改变
不再迷茫地望着前路该何处拐弯
不再追寻诗和远方，让疲惫的灵魂稍安

让时光舒卷，任岁月漫漶
有空听听天籁，让心情美轮美奂
从中感悟生命里点滴的蕴意

即刻倚坐窗前闭目养神
享受阳光照在身上
歇够了，再随意打开一本书浏览

第十辑：与一首诗相遇

做自己喜欢的事
本身便是一种乐趣
何况，是读一首好诗

咀嚼时光

时间从指缝中流逝的时候
并非想不辞而别

它不甘被时钟分分秒秒地算计
但最终也没逃脱
被日期贪得无厌地攫取

时间的悲哀
如同普罗大众的无奈

不知不觉地，又一道曙光
照亮空荡荡的早晨
几片枯卷的叶
悄然掉落在晨光的怀里

早起的人行色匆匆
忙着奔向生活

时间依然在阳光里一意孤行
风在时间里散步
还有踱着悠闲步履的人
鬓上青丝难觅几许

我驻足
生命所有的疑惑
都在对时间的咀嚼里

品出些许滋味

时间究竟意味着什么
不如在叶落里酩酊大醉
无须酒
用多情干杯

时间啊，请别在意
我要以微不足道的乐趣
宣告
抗衡你的胜利

与一首诗相遇

我写诗很烂，但读诗很专
喜欢一首诗，就会变得执着
一遍又一遍，百读不厌
直到读见诗里开出的花

相遇好诗，便是遇见好师
续一段文字的缘
涟漪，会在心底止不住地荡漾
灵感，也会从灵魂深处飘来

做自己喜欢的事
本身便是一种乐趣
何况，是读一首好诗

诗意生活总是美好的
窗外，阳光灿烂，心怀温暖
渐渐地，也自诩成了诗人

阅 读

读与不读
短时无别
一年半载，差异亦微
经年累月，终成天渊

读过的字
会慢慢变成“学问”
融进血液，充实心灵
需要时，便会喷薄而出

当阅读成为习惯
即使无富裕的生活
仍有富贵之生命

余生，虽无宵旰攻苦之迫
但阅读之乐，终不可失
受益匪浅，乐此不疲

读书日

小时候
喜欢看闲书
用课文及作业本掩护
坐在教室里逃课
在家长的监控下假装用功

稍大一点
迷上了古典小说
在晦涩难懂的字里行间
囫囵吞枣地沉溺于故事
幻想自己将来也很杰出的样子

长大了
开始捧读政治及哲学原著
想要从中寻找
生命的意义
与这面朝黄土背朝天的联系

当我从生活中
读懂了人生
社会就是一本通俗易懂的书
再也静不下来
完整地读一本书

漂泊的生活
还是喜欢买一些书

以此点缀门面
抚慰一下孤寂的灵魂
读或不读，都与书相伴

现在，憧憬于书里找一片栖息地
在那些不曾读完的书里
还有那些从未读过的书中
当不得不戴上老花镜的时候
读一会儿就眼光模糊

心　醉

在一个阳光并不炽烈的晌午
微风穿过十一层楼的走廊
欲静下心来读一本《酒徒》
但双眼总忍不住远望

心儿醉成朵朵柔软的棉花
扶住一片蔚蓝色的墙
蓝天和白云都具有高情商
投来一片温柔的目光

居高临下俯瞰
绿冠亭亭蓬松如发
知了藏在里面等着蜕去盔甲
喜蛛在枝丫间巧手织网

惬意在心里开出一朵兰花
芽尖在杯中轻舞沉降
落底的一刻
听到触碰的声响

心里冒出许多话
投寄进云的信箱
千杯不醉的酒徒
醉于人性的善良

悼袁隆平

一位老人走了
亿万人的心在恸哭
一种精神
在回归，在感动

一位科学之父远去了
一个禾下乘凉梦
是留给所有中国人的梦
去追寻，去探索
让世界没有饥饿

“袁爷爷，一路走好！”
呼喊声响彻时空
震颤着每个人的心
是满城的花，是悲怆的雨
是希望的曙光

您的种子
是播种在人民心里的

我不想
仅以悲情抚慰您的英魂
从自己开始，节约每一粒粮食
您的博大我无法效仿
但可以从细节做起

路过，我留步

城市里看不见旷野
到处是川流不息的车辆，奔波的身影
在一条一条整齐而干涸的河床上泛滥

草木从一场淋浴中晾干身子
太阳刚完成一次节约能源的研讨
这个冬天不是很冷
那就节约一点热能

光秃秃的枝头
在阴沉沉的天色下略显突兀
残叶蜷缩身子，等一场雪或一阵风来送行

落叶的最佳选择
就是安置于路边草坪
或埋入灌丛，再做一番入土为安的祈祷

灌木向来低调
拒绝张扬，避免失掉本色
尽管疲惫憔悴，但有很多朋友
愿与之为伍，为它点亮

结香、南天竹、八角金盘
山茶花、猫儿刺、映山红
都在它的怀里撒娇
于是，我留步，细听它们的笑语

怀念母亲

这方水，是孕育我生命的泉
走南闯北，抛不下心中的思念
曾想，老了再回到您身边
回来了，才知道太晚

无论远眺近观
烂漫的山色，微漾的漪涟
都似隐约的笑脸
您的爱，一直不曾走远

好想对着空旷的湖面大喊
但没有，我知道
在心里说，您也听得见

蓦然发现
路边这枫，红得艳
是您的笑，带着爱意渲染

红烧肉

我是一个“吃货”
红烧肉是我的最爱
我最喜欢吃且始终知味的
是小时候妈妈烧的那一碗

在物资匮乏的年代
过年的时候
才能奢侈地吃上几块
妈妈系着围裙
把飘着肉香的粗瓷碗端上桌时
口水已往肚里咽了好几遍

后来也吃过很多筵席
精美的器皿里装着同样的肉块
色、香、形超过妈妈的水准
菜单上写着：东坡肉

但，还是没有妈妈烧得入味
妈妈没多少文化
烧不出东坡肉
却能烧出家常美味的红烧肉

再后来
我终于懂了
妈妈烧的红烧肉里
还有我不及细品的爱

我仍然喜欢红烧肉
它常让我想起妈妈烧的那一碗
除了对妈妈的爱
还多了一份对东坡居士的喜欢

清明祭母

我在母亲的坟前磕头
叩响一行诗句：
“乡愁是一方矮矮的坟墓
我在外头
母亲在里头”

此刻没有乡愁
母亲在坟里头也在我心头
过去所有留意或未曾留意的爱
都化作泪水
在滴血的心里流动

不露悲哀，也不哭泣
把内心的告白
交与默默的祈祷
母亲听得到
九泉下会笑

风拂过湿润的眼
我感觉到您手心的温暖
把一盆花放在墓前
弥补我
一生都未向您献过鲜花的遗憾

母亲，昨夜我又梦见了您
梦见您在故乡泥河的桥头

张望
外婆的影子
在桥的那头
略显消瘦

外婆佝偻的身影
总从记忆深处蹒跚而来
您慈爱的双手
曾捧起我儿时的脸
您的脸也同样被外婆捧起过

那种爱，是春暖花开的海
生活如外婆家的一缕炊烟
把时光熏成泛黄的颜色
所有美好的记忆
都被藏进孩儿心中的相册

爱是一个沉重的梦
在漂泊的岁月里
我始终没有成为
您认知的世界里
那种幸福的人

母亲，我住的地方离此不远
那里有九条溪汇成的泉
叮咚叮咚地唱着您的期盼
那里有您喜欢的翠竹
还有与泥河头一样的田园

若有鸟儿在坟前枝头眺望
那就是孩儿来陪您说说话
我在梦中惊醒时
眼角的泪滴告诉我
您又温柔地吻过我的脸庞

母爱如雨

母爱，藏于如雨的潮润中
懂得，岂止是雨后
脑海里翻腾着的爱意
此刻，又转向血管里奔涌

回忆激起的朵朵浪花
是心灵深处的声声呼喊
于无声处，似有哭腔
往后余生，何以风轻云淡

记住了曾经平常的日子里
那些琐碎而细微的片段
许多爱，须知道珍藏

再回首，品味生活的涟漪
往事依稀并非如烟
母爱如昨，永在

娘家情缘

这顿饭，悲喜交集
为缅怀，亦为送行
消散的青烟不曾走远
还惦记着这份娘家情缘

举杯，为亲情浓于血
重温几十年散落的牵挂
也告慰咱娘

儿时就像我的故乡
回望时，才突然意识到
原来自己那么在乎这份缘

让我们共同重拾
外婆家的田园风光
记忆中的青瓦黛墙，独木桥

父 亲

父亲是一个谜一样的人
高兴时慈祥的脸
像天上笑眯眯的云
独脚站立时
是硝烟中挺立的残躯
沉默时的半壶老酒
藏起内心所有的
翻江倒海

第一次见到陌生的父亲
是您刚从鸭绿江的那边归来
躺在医院的病床上
深情地递给儿一个苹果
儿瞥了一眼
您那条裹着绷带
没有下肢的左腿
不明白为什么还要被吊起来

邻床的叔叔塞给我一块月饼
穿军装的叔叔把我抱起来
亲了又亲。接着
我被另一个穿军装的叔叔搂进怀里
我听不懂大人的话
但知道都在把我夸
我快乐得像个小王子
咦，母亲为什么背过身去拭泪

第二次见到您
是在一个偏远的农场
您穿一身油腻发亮的衣裳
向儿张开双臂的那一刻
儿躲在了妈妈的身后
您走路的样子一瘸一拐
脏兮兮的
一脸疲惫
一点儿也不像我的父亲

此后我们又天各一方
您在农场
儿去外婆家
您回到家的时候
儿也从外婆家回来
我们从此在一起
您的沉默寡言
占据了生活的大部分时光

在被酒精燃烧的兴奋中
您口若悬河地讲述
同一本书里的故事
就是不讲自己
也从来不讲爷爷的故事
您的三缄其口
让儿时至今日
都不知道爷爷的名字

那把京胡
成了您的挚爱
从对四邻刺耳的骚扰中
练就了穿云裂帛的美音
弓弦收放，振聋发聩
胸中块垒尽情倾吐
一遍又一遍的《捉放曹》
儿的耳朵都听出了茧

儿渐渐长大
面对您的时候
儿也学会了沉默
您在酒后的只言片语中
透露一些断断续续的往事时
才能引发儿产生一丝探究的好奇心

后来，儿去了遥远的黑龙江
一次相隔更远
时间更长的天各一方
像宿命里的魔咒
儿胸中也燃烧着您当年骁勇的理想
欲探究的家事被暂且搁下
想起时，已天人永隔
只留一些印象在记忆中反复回放

父亲，请您在九泉下安息吧
儿的血管里流着您的血
您的压抑儿懂得太晚
当越来越懂的时候

您变得越来越伟岸
身后青山上摇动的树影
一定是您的细语
儿的心与您越来越近

父亲像雕塑上的那个人

走过这座纪念碑
就会想起天堂里的父亲
他当年的样子
也像雕塑上的人那样英武

听妈妈说，那天
父亲一身戎装
挥手告别时
我在襁褓中啼哭

那是一个寒冷的冬天
我刚满月
妈妈抱着我
在风中
站了很久

父亲回来时
腿上的假肢让我充满好奇
卸下后，想帮父亲拿走
很重，我拿不动

我抚摸父亲那条没有下肢的腿
想不通为什么与他人不同
父亲不告诉我
还编故事骗我

父亲走路吃力
每一步都格外沉重
但我总想爬上他的肩头
妈妈常说我不懂事

慢慢长大了
知道父亲去的地方有一条“三八线”
那里发生过激烈的战争

也知道了
为什么我的名字里
会有一个与光荣有关的
字眼

家里的搪瓷杯上
印着一行
鲜红又醒目的字
“献给最可爱的人”

久等不来

一个人、一件事或一个盼头
久等不来时
蓬草便在心底疯长
绿丛中的花没心没肺地傻笑
也许，我的样子更可笑

风不请自来
还把一股炸辣椒的味道吹来
大黄狗敏感地翕动鼻翼
摇摇尾巴，又耷拉耳朵
给风一个不受待见的神态

生活中的许多不确定
如同朦胧中飘浮的尘埃
看不见，摸不着
而谎言或花言巧语
如鱼得水
欢快地在池子里游来游去

等待像一根被剪断的线
断的一头系着落日
一起掉进水里
水面羞红了脸
悄悄躲进夜幕
明天，是否还是一出滑稽剧

等

这次是等一个约定的电话
昨晚没来
早晨还没来。希望
上午会来
久等不来的心情
像葱茏的枝上
一片孤独的蔫叶
阳光不打折扣地履行着
夏日的炽烈

去珍藏的春色中寻找平静
不用透明的玻璃杯
而用一套红色的瓷具
既然等待是一种不透明
那就把心情
也藏进不透明的壶里

斟满杯的时候
碧色清澈透明
清香袅袅似透明的烟
弥漫一片初春的宁静
窗外湛蓝的天
没有一丝云彩

案头那些书
藏着许多对等待的解读

还有一些诗意的消遣
约定的电话
来与不来
心已淡然
生活
不是还有明天吗

杂 思

（一）

友人的视频名曰：“看海”
里面的歌曲是《听海》
心底突然涌起另一片海
海域是空旷的原野
白花花的浪，似雪

炎夏
它翻滚着金色的浪
深秋
它举起火红的火把
此刻
它的歌声从遥远处传来

请仔细聆听
原来是丰收的喜讯

（二）

夜色是一个蹩脚的魔术师
手中的幕布落下
天上的最后一丝亮色
再也变不回来
它却趁黑逃逸
把一切尴尬

都推给
明天的太阳

（三）

时间就像一条河
一直在流逝
却永远也流不完

如果你穷或窘
生活所迫
它流得更快

当你和时间的关系越来越淡漠的时候
美丽的多巴胺
会驱逐所有的焦虑
只留下一声叹息